ŒUVRES COMPLÈTES DE MADAME ADAM

MON

Petit Théâtre

LE TEMPS NOUVEAU

MOURIR   COUPABLE   FLEURS PIQUÉES

GALATÉE

PARIS

G. HAVARD FILS, ÉDITEUR

1896

8·ΥF
837

MON

PETIT THÉATRE

LIBRAIRIE G. HAVARD FILS

27, RUE DE RICHELIEU, PARIS

ŒUVRES COMPLÈTES DE MADAME ADAM

(JULIETTE LAMBER)

Idées Anti-Proudhoniennes, 1 vol. in-18 jésus.	3 50
Mon Village, 1 vol. in-18 jésus.	3 50
Le Mandarin, 1 vol. in-18 jésus.	3 50
Récits d'une Paysanne, 1 vol. in-18 jésus. . . .	3 50
Voyage autour du Grand-Pin, 1 vol. in-18 jésus.	3 50
Dans les Alpes, 1 vol. in-18 jésus.	3 50
Récits du golfe Juan, 1 vol. in-18 jésus.	3 50
L'Éducation de·Laure, 1 vol. in-18 jésus. . . .	3 50
Saine et Sauve, 1 vol. in-18 jésus.	3 50
Jean et Pascal, 1 vol. in-18 jésus.	3 50
Laïde, 1 vol. in-18 jésus.	3 50
Grecque, 1 vol. in-18 jésus.	3 50
Païenne, 1 vol. in-18 jésus.	3 50
La Patrie Hongroise, 1 vol. in-8°.	6 »
Le Général Skobeleff, 1 vol. in-8° carré.	2 »
La Chanson des Nouveaux Époux, 1 vol. in-18 carré	10 »
Poètes Grecs contemporains, 1 vol. in-18 jésus.	3 50
Un Rêve sur le Divin, 1 vol. in-18 carré. . . .	5 »
Jalousie de Jeune Fille, 1 vol. in-18 jésus. . . .	3 50
La Patrie Portugaise, 1 vol. in-18 jésus . . .	3 50
Mon Petit Théâtre, 1 vol. in-18 jésus.	3 50

ÉVREUX, IMPRIMERIE DE CHARLES HÉRISSEY

ŒUVRES COMPLÈTES DE MADAME ADAM

(JULIETTE LAMBER)

XXI

MON

Petit Théâtre

LE TEMPS NOUVEAU

MOURIR — COUPABLE — FLEURS PIQUÉES

GALATÉE

PARIS

G. HAVARD FILS, ÉDITEUR

27, RUE DE RICHELIEU, 27

—

1896

A PIERRE LOTI

Témoignage de vieille et tendre
affection maternalisée.

Juliette ADAM

LE TEMPS NOUVEAU

COMÉDIE EN TROIS ACTES

PERSONNAGES

Monsieur DE MARCHENNES, député.
JACQUES DESSARD, député.
MAURICE DESSARD, frère cadet de Jacques.
LUCIEN DE TORNY, ex-député, neveu de M. de Marchennes.
LE prince DE BRETTE, parrain de Mercédès, député, ami de la famille de Marchennes.
SIMON, député.
D'autres députés.

Madame DE MARCHENNES.
MERCÉDÈS DE MARCHENNES, fille de M. et Mme de Marchennes.
JUDITH, journaliste radicale.

LE TEMPS NOUVEAU

ACTE PREMIER

---

*Le théâtre représente le salon d'un hôtel du faubourg Saint-
Honoré. Des fleurs, des lumières, l'apparat d'une réception;
au premier plan, de chaque côté du théâtre, portes à deux
battants, à gauche celle de la salle à manger, à droite celle
du cabinet de travail servant de fumoir. Au fond du théâtre
la porte de sortie de l'hôtel précédée d'une cour-jardin qui
s'aperçoit au fond de la salle de billard. Cette salle ouvre par
de grandes baies sur le salon.*

SCÈNE PREMIÈRE

Bruit de voix de maîtres d'hôtel entrant par la porte de
la salle à manger. Ils développent les battants. L'un d'eux
va ouvrir la porte du fumoir en traversant la scène.
Mme de Marchennes entre au bras du prince de Brette et le
quitte en le saluant. Mercédès est au bras de son cousin
Lucien de Torny. M. de Marchennes, Jacques Dessard, les
autres invités suivent.

MONSIEUR DE MARCHENNES

Messieurs, permettez que je vous entraîne
chez moi, où l'on fume.

(Il se dirige vers le fumoir suivi de ses invités)

SCÈNE II

Mme de Marchennes en robe de surah noir, couverte de dentelles moires et montante, Mercédès en très élégante toilette décolletée.

MADAME DE MARCHENNES, MERCÉDÈS LUCIEN

LUCIEN, à Mercédès.

Que vous êtes brillante, Mercédès (Elle fait un signe de lassitude; Lucien après une pause.)... comme débatteuse d'affaires politiques ; quelle verve, et que vous en savez long sur les tarifs maximum et minimum, sur les droits prohibitifs. M. de Marchennes, mon oncle, est tout simplement un malfaiteur! Avoir empoisonné une si adorable cervelle par des connaissances douanières, c'est un crime. Et dire que ces choses vous amusent ?

MERCÉDÈS

Autrement que les fadaises.

LUCIEN

Convenez que je vous en ai débité bien peu depuis le fameux jour où vous m'avez signifié que j'aie à cesser de vous faire ma cour d'une façon aussi... simplette : c'est votre mot.

MADAME DE MARCHENNES

Qu'en pensez-vous, mes enfants ? Me croyez-vous tenue à attendre que messieurs les députés aient discuté en fumant ou fumé en discutant ? Vous vous querellez, c'est une occupation exquise entre fiancés, mais moi n'ai-je pas le temps d'aller à Saint-Roch ? Je mets tout au plus cinq minutes avec Alezane attelée au coupé. J'ai une telle envie d'entendre le Père Anselme.

LUCIEN

Vous avez tout le temps, ma chère tante; allez à Saint-Roch, vous ne le regretterez pas. Le Père Anselme est à la fois correct et pompeux, sobre et nourri. Vous allez en être fanatique. Nul ne lui est comparable pour développer les conseils du Saint-Père sur la réconciliation des classes entre elles et de toutes avec la République, cela touche de très près aux opinions de mon oncle, qu'en épouse aveuglée vous partagez.

MADAME DE MARCHENNES

Je vous préviens, mon beau neveu, qu'il vous

faudra plus de respect quand vous serez mon gendre. (Elle s'éloigne et revient.) Voyons, mes enfants, fixez enfin le jour de votre mariage, vous savez que j'ai obtenu de Mgr Roger qu'il bénisse votre union ; s'il vous faut un sermon du Père Anselme, eh bien ! je l'aurai.

MERCÉDÈS

Grâce, chère maman, vous savez bien que le mariage à vue de pays ne me plaît guère. (Mme de Marchennes lève les bras au ciel, Lucien lui baise la main, elle sort par le fond.)

SCÈNE III

MERCÉDÈS, LUCIEN. Les deux jeunes gens restent debout durant toute la scène.

LUCIEN

Jacques Dessard vous a intéressée.

MERCÉDÈS

Au delà de toute mes prévisions.

LUCIEN

Comment l'imaginiez-vous ?

MERCÉDÈS

Ignorant qu'il fût né Parisien, je le supposais chevelu, moustachu, noir, avec un rire bruyant, des gestes de théâtre forain et affligé de tel ou tel accent qui transforme les mots en patois même lorsqu'ils sont du pur français. Je l'entrevoyais vibrant, agité, dominateur avec éclat. Or il est blond, mince, façonné.

LUCIEN

Oui, façonné, mais d'étoffe inégale, avec ce qu'on appelle des défauts de tissage sur lesquels des ongles de femme auraient à s'exercer.

MERCÉDÈS

Ce qui me plaît en lui, c'est qu'il est autre que les autres. J'en suis curieuse comme de quelque chose de nouveau, de particulier, d'original, de personnel. Ah! mon cher Lucien, quelle trouvaille au milieu des banalités courantes qui laissent grandes ouvertes toutes les issues à l'ennui, au mortel ennui. (D'un ton distrait.) Décidément vous restez, Lucien.

LUCIEN

Il faudrait pour cela que j'eusse, cousine, bien

peu de fierté, et moins encore de galanterie, car je m'aperçois que ma présence vous pèse encore un peu plus ce soir que de coutume. Je ne peux donc mieux faire que de vous délivrer de moi et de vous laisser toute à la précieuse distraction que vous avez trouvée.

MERCÉDÈS, d'un ton détaché.

Où allez-vous ?

LUCIEN

A Molier. Là on échappe aux considérations sur les importations étrangères, sur les questions palpitantes où l'abaissement du prix des produits et le minimum des droits occupent une si grande place ; à Molier on se soustrait à la politique de conjonction des extrêmes ! Ah, cette conjonction, découverte mirifique du sieur Jacques Dessard, la précieuse chose ! Elle permet de sauter à pieds joints, à droite, à gauche, sur les principes et l'on s'en donne à cœur joie. Dans la politique du groupe Dessard, avez-vous remarqué, cousine, que la question des vins frelatés joue le grand rôle, c'est pourquoi bien des gens l'ont qualifiée de politique de coupage.

MERCÉDÈS

Mon cher Lucien, vous le savez, les mots vulgaires ne m'impressionnent plus. L'argot sceptique dans le bagout mondain me fait un effet déplorable. Je lui préfère ce qui est franchement commun. Apprenez que je suis lasse d'une distinction qui ne recouvre que la banalité et l'insuffisance. Croyez-moi, Lucien, la société se détourne à cette heure de l'aristocratie et va au grand nombre, il faut en subir les conséquences. Tout ce que nous pouvons faire, nous, pour ne pas devenir la proie des anarchistes, c'est d'aller aux intermédiaires entre eux et nous, c'est-à-dire aux nouvelles couches sociales.

LUCIEN

Grande Mademoiselle, vous croyez peut-être qu'on peut manger du gâteau lorsqu'on n'a pas de pain, et que dès qu'elles auront fait leur lit on pourra donner aux nouvelles couches sociales des draps de batiste ?

MERCÉDÈS, impatientée.

Vous ne voyez rien que par les mots plaisants, vous ne croyez à rien qu'à l'élégance.

LUCIEN

C'est qu'il n'y a pas d'autres questions sociales ni petites ni grandes que celles qui se résument avec ce mot, l'élégance ! L'art pour les artistes, le paraître pour les enrichis, l'être pour les grands seigneurs, le dégrossissement pour les rustres, tout cela n'est dominé que par l'enviable élégance. Demandez à Jacques Dessard s'il n'a pas fait plus d'efforts pour avoir l'air d'un homme de bon ton que pour affiner sa rouerie et pour polir son éloquence ? Tenez, ce que vous éprouvez, cousine, je l'ai éprouvé la première fois que j'ai vu Judith, la grande journaliste radicale qui trouve moyen d'être l'intime de Dessard et l'amie de votre parrain de Brette. Je humais en elle une senteur un peu entêtante de fleur ouvrière, de giroflées par exemple, entourées d'un joli cache-pot, car ladite personne aussi est fort élégante. Mais à la longue, cette femme m'a énervé quoique j'aie pour elle l'estime qu'on doit à la bonté, au dévouement sincère, à la conviction, fût-elle démocratique, enfin à toutes choses qui ne hantent ni le cœur ni l'esprit de Jacques Dessard.

MERCÉDÈS, agacée.

Voilà des choses bien dites. Et votre cirque ?

LUCIEN, avec impertinence.

Quoi, déjà si occupée de ce manant ? Eh bien,
au revoir.

(Il serre la main de Mercédès et sort.)

SCÈNE IV

MERCÉDÈS, seule, elle s'assied.

Oui, occupée déjà. Il y a dans ce « manant »
je ne sais quoi d'imprévu qui a pour moi, non pas
du charme, mais une saveur verte agréable. Ses
traits, quoique réguliers, ont des brusqueries de
physionomie qui arrêtent et surprennent le re-
gard ; la voix, quoique mesurée, n'est pas éteinte ;
le geste a des mouvements graves dont la lenteur
fait songer aux tribuns antiques. Et que de contradiction il doit y avoir en cette nature qui
semble fougueuse et pourtant maîtresse d'elle-
même ! Rien d'efféminé, mais non plus rien de
populaire. Une personnalité envahissante, absor-

bante, qu'il serait passionnant de conduire, de
dompter. Il y a là quelque chose qui certes n'est
pas du sang bleu, mais qui pourrait bien être du
pur sang.

SCÈNE V

MERCÉDÈS, JACQUES

JACQUES, venant s'asseoir à côté de la jeune fille.

Mademoiselle, le croiriez-vous, j'ai eu tout à
coup l'étrange intuition que vous étiez seule.

MERCÉDÈS, hautaine.

Monsieur...

JACQUES, imperturbablement.

J'ambitionnais de vous dire combien vous
m'avez frappé par votre esprit osé, par vos questions, par vos réponses, par votre connaissance
des sujets qui dominent la vie des hommes politiques. Ma stupéfaction est grande de vous voir
instruite sur de sèches questions vous, mademoiselle de Marchennes! Je découvre tout à coup
la puissance qui réside dans un milieu où les

femmes s'intéressent ou feignent de s'intéresser aux détails si rebutants des affaires publiques. Quel attrait pour les rustres qui ne savent parler d'autre chose. Quelle influence on peut trouver là. Quelle merveilleuse utilisation de l'éducation de la race, il y...

MERCÉDÈS, souriante.

Je vous arrête, Monsieur ; l'utilisation, le vilain mot.

JACQUES

Superbe entre tous, Mademoiselle, mais qu'il faut savoir dire. La grande nature utilise même ce qu'elle broie. Une société qui saurait utiliser toutes ses forces trouverait des lois parfaites. Être utile à une cause, à soi-même, n'est-ce pas le but rêvé, celui dans la recherche duquel on ne rencontre jamais l'ennui, le mortel ennui, c'est-à-dire l'inutilité de la vie ?

MERCÉDÈS, intéressée.

En quoi me jugeriez-vous utile, moi par exemple ?

JACQUES, avec hardiesse.

Vous pourriez l'être incomparablement comme

compagne, comme associée, comme femme d'un homme ayant la volonté de dominer les autres.

MERCÉDÈS, se levant, avec hauteur.

J'ai l'honneur de vous faire part de mon très prochain mariage avec mon cousin de Thorny.

JACQUES, lui prenant la main et l'obligeant doucement à se rasseoir.

Vous n'épouserez pas M. de Thorny, Mademoiselle ; vous avez peur de la monotonie plus que de l'audace, et toutes les fadaises entendues vous feront trouver goût peut-être aux brusqueries. Belle, riche, vaillante, lassée des préjugés, dédaigneuse des privilèges vieillis, en rêvant d'autres, vous avez comme moi des ambitions hautes et le besoin de jouer un tout autre rôle que celui auquel votre situation vous destine. Les chemins que j'ai parcourus m'acheminent vers vous. (Souriant.) Impossible plus que vous et moi de réaliser la conjonction des extrêmes ! Je viens d'en bas, de tout en bas, vous venez d'en haut, de tout en haut. Le sang le plus pur de la vieille noblesse française coule en vos veines. Pas une goutte de mon sang qui ne soit peuple. Cet instinct confus des classes de s'élever, je le résume dans toute sa violence. Vous pouvez de cet instinct faire une réalité sensible et prouver qu'il n'est besoin ni de révolutions ni de massacre, mais seulement de l'effort individuel d'un obscur, de la largeur d'idées d'une femme en tout supérieure, pour briser les barrières des castes.

MERCÉDÈS

Et, Monsieur, qu'auriez-vous à promettre en échange de tels sacrifices d'une femme de ma sorte ?

JACQUES

J'aurais à promettre un couronnement, la vraie royauté française dans une forme dont le secret m'appartient. (Se approchant de Mercédès.) Croyez-moi, il y a des combinaisons nouvelles dans les transformations sociales du temps nouveau, il faut les dégager, les fixer, j'en ai cherché les formules et je les ai trouvées ! Part à deux, mademoiselle de Marchennes, si vous daignez !

SCÈNE VI

M. DE MARCHENNES, le prince DE BRETTE,
SIMON, quatre députés, JACQUES, MERCEDÈS

LE PRINCE DE BRETTE, à Jacques à part.

Une causerie seul avec Mlle de Marchennes,
mon cher Dessard, voilà qui excuse votre longue
absence. La fortune vous favorise.

JACQUES

C'est qu'aussi je cherche à la saisir au vol.

MONSIEUR DE MARCHENNES

Messieurs, résumons, car nous voilà en parfait accord ; nous votons extrême-gauche et
extrême-droite en groupe compact le projet qui,
d'après nos calculs, empêche toute entrée des
vins étrangers ; nous dépassons, ce qui est raris-
sime, jusqu'aux plus ambitieuses espérances de
nos électeurs. (Un rire général accueille cette dernière
phrase.)

LE PRINCE DE BRETTE

Messieurs, croyez-vous faire tout votre devoir

en vous occupant exclusivement des intérêts matériels de vos électeurs ? N'y a-t-il pas au delà de vos clochers quelque chose qui les domine et qui est l'intérêt national ? Dieu seul, mes amis, peut ne jamais protéger trop la France ; n'avez-vous pas peur, vous en la protégeant trop, de l'enfermer ? Je commence à être bien peu sûr de la vérité de la protect᾿ . depuis que je vois de combien de ruines est fait l'enrichissement que nous cherchons.

MONSIEUR DE MARCHENNES

Allons, voilà Brette qui déraisonne et qui nous lâche. Judith a passé par là avec son démocratisme outrancier.

LE PRINCE DE BRETTE

Je ne déraisonne ni ne vous lâche, j'examine les deux faces de la question.

SIMON

Je ne suis qu'un paysan, mais je pense, comme le prince de Brette, qu'en poussant à l'extrème la défense des intérêts de ceux qui nous ont nommés, nous faisons peut-être trop

2.

bon marché de l'ensemble des besoins du pays ;
ceux mêmes qui semblent exiger que nous pro-
tégions leur gain outre mesure ne nous ont-ils
pas approuvés, applaudis quand nous avons
créé des impôts, quand nous les avons épuisés
pour armer la France, pour parfaire sa force
défensive ? Peut-être serait-il de notre devoir
strict, à nous élus, de faire comprendre à nos
électeurs qu'isoler la France en dressant entre
elle et ses voisins des barrières commerciales
c'est dévorer sans profit les sacrifices faits, c'est
la livrer à des ennemis plus nombreux.

LE PRINCE DE BRETTE

Brave Simon, si j'avais pu hésiter à faire campagne avec votre groupe trop avancé, je vois
qu'il y a un terrain sur lequel nous marcherons
toujours coude à coude ; celui du patriotisme.

MONSIEUR DE MARCHENNES

Allons, Dessard, parlez donc, ne voyez-vous
pas que tout est remis en cause.

DESSART, avec calme.

Nullement, ces messieurs font de la sentimentalité, ils disent de grands mots ; cela est utile et nous avertit que nous aurons à subir de beaux sentiments et de belles phrases et probablement à en tenir compte. Pourquoi pas ? Le prince de Brette a raison. La France domine nos clochers. Simon ne se trompe pas en disant que nos électeurs sont plus patriotes que mercantiles, mais ce n'est point à nous, députés ruraux, de transformer une question spéciale en question nationale. Maintenons nos calculs et nos prix. Messieurs, haussons-les sans scrupule, on en rabattra toujours assez, et si le Gouvernement, au nom du pays qu'il représente, exige de nous des réductions, des sacrifices, soyons prêts à les faire, mais ayons-en le mérite en nous les faisant demander, non en les offrant.

MONSIEUR DE MARCHENNES

Bien parlé, nous revoilà d'accord.

MONSIEUR DE MARCHENNES, prenant le bras du prince de Brette.

Et notre partie, Brette, nous l'oublions.

LE PRINCE DE BRETTE

Hélas ce soir impossible. (Il se dégage doucement.)

JACQUES, à Mercédès

Je regrette que ce débat de couloir ne vous ait point été épargné, Mademoiselle.

MERCÉDÈS

Il m'a intéressée, et m'a appris le secret de votre influence, qui est celle d'un habile.

JACQUES

Ce mot est-il un blâme ?

MERCÉDÈS

Dit par tout autre, peut-être ; par moi, c'est une approbation.

SCÈNE VII

LES MÊMES, Mme DE MARCHENNES, qui se glisse au milieu de ses invités ; le prince de Brette va à elle, M. de Marchennes entraîne les députés au billard, ils ne jouent pas et continuent à causer ; le prince de Brette s'assied auprès de Mme de Marchennes et s'entretient avec elle. M. de Marchennes rentre alors sur la scène et parle avec animation à Simon.

JACQUES, à Mercédès.

M'autorisez-vous, Mademoiselle, après une

prochaine visite à essayer de me trouver aussi souvent que je l'ambitionne sur votre chemin ?

MERCÉDÈS

S'il me plaît de vous revoir, Monsieur, une invitation nouvelle de ma mère vous le prouvera.

JACQUES

(Il salue Mercédès, puis M⁻ᵉ de Marchennes, puis le prince de Brette et s'adressant à Simon.)

Venez-vous, Simon ?

MONSIEUR DE MARCHENNES

Vous partez, Dessard ?

JACQUES

J'y suis forcé, mes très grands regrets. (Il sort avec Simon, deux autres invités le suivent.)

SCÈNE VIII

Les Mêmes, sans DESSARD, SIMON et deux députés.

LE PRINCE DE BRETTE, se lève et va à Mercédès

Ma belle filleule, je viens d'obtenir de votre

mère qu'elle vous laisse accompagner votre père demain à la chasse; mais je crains à présent que, même par amour du nouveau, vous hésitiez à tirer sur mon gibier.

MERCÉDÈS

Pourquoi donc, mon cher parrain ?

DE BRETTE, riant.

Parce que vous étant familiarisée ce soir avec Simon, le sanglier que je comptais offrir à votre fusil va peut-être vous apparaître tout simplement comme un député à charmer.

(Il baise la main de Mᵐᵉ de Marchennes, embrasse Mercédès au front et sort après avoir dit un mot à M. de Marchennes dans la salle de billard; jeu de scène rapide durant lequel le prince de Brette entraîne les deux derniers invités. Mᵐᵉ et Mˡˡᵉ de Marchennes causent bas durant cette scène qu'elles suivent debout.

SCÈNE IX

M. DE MARCHENNES, Mᵐᵉ DE MARCHENNES; MERCÉDÈS, après avoir serré la main des invités, revient vers Mᵐᵉ de Marchennes.

MADAME DE MARCHENNES

Entendre le Père Anselme, et donner à dîner

à Jacques Dessard le même soir, voilà un régal de choix. Il semble, n'est-ce pas, qu'on doive en éprouver des impressions opposées ? Eh bien, pas du tout. Les contradictions deviennent des similitudes.

MONSIEUR DE MARCHENNES

Comment avez-vous entendu Dessard et le Père Anselme dans la même soirée, ma chère Hélène ?

MADAME DE MARCHENNES

Parce que j'ai eu le temps d'aller à Saint-Roch tandis que vous fumiez galamment et parlementairement.

MONSIEUR DE MARCHENNES

L'idée est originale. Et vous avez laissés seuls Lucien et Mercédès ? Quelle imprudence, s'ils s'étaient par hasard querellés ?

MADAME DE MARCHENNES

Ils ne savent faire que cela dès qu'ils sont en tête à tête ; mais fiancés qui se disputent, époux qui s'entendent ; d'ailleurs qu'importe ! Ce qui est autrement intéressant, ce qui est un signe du temps nouveau c'est un prédicateur à Saint-Roch adjurant les classes dirigeantes de se mettre à la tête du mouvement socialiste, de faire des sacrifices volontaires, de bonne grâce, avant qu'on ne les leur impose ou ne les leur arrache. Croiriez-vous que le Père Anselme assimile les privilèges de la richesse à ceux de la noblesse sacrifiés par elle à la Révolution ?

MERCÉDÉS

Cela a déjà été dit et écrit cent fois.

MADAME DE MARCHENNES

Oh! je sais que rien ne t'étonne et que tu as le parti pris de ne te laisser jamais surprendre. Pourtant, ce que je vais te dire te paraîtra imprévu. Je vais le bien mal répéter, et cependant je voudrais vous voir aussi impressionnés que je l'ai été. Aucun de vos députés, ou socialistes chrétiens ou radicaux socialistes n'aurait trouvé cela qui est admirable.

MONSIEUR DE MARCHENNES et MERCÉDÉS,
ensemble.

Quoi donc ? quoi donc ?

MADAME DE MARCHENNES, prenant un fauteuil, se
plaçant derrière et prêchant.

Mes frères : L'utilitarisme, le culte de l'intérêt
individuel, l'exploitation du travail et des faiblesses d'autrui, voilà ce qui mène les sociétés à
leur perte. Le Christ, en disant : « Aimez-vous
les uns les autres », formulait non seulement
une vérité et une loi morale, mais une loi éco-
nomique. Plus les hommes s'aiment et se rap-
prochent entre eux de plus près, plus ils facilitent
leurs échanges, moins ils mettent d'âpreté dans
leurs rapports économiques ; ces rapports, lorsqu'ils n'ont pas pour base l'amour du prochain
ou tout au moins le respect, n'ont pour résultats
que de vendre très cher, d'acheter à très bon
marché, c'est-à-dire de pressurer le travail de
l'ouvrier, de lui faire rendre sa plus grosse
somme de bénéfice possible pour le patron et
pour l'intermédiaire. Plus les rapports entre
vendeurs et consommateurs sont indirects, plus
les sympathies s'éloignent, plus l'état moral et
intellectuel des sociétés s'abaisse pour faire place
à l'exploitation pure.

MERCÉDÈS

Ma chère maman, votre Père Anselme vous a

débité du méli-mélo néo-chrétien et de la doctrine de Karl Max, le tout ensemble.

MONSIEUR DE MARCHENNES

Très curieux, Hélène, très curieux; conti-
nuez.

MADAME DE MARCHENNES, à son mari.

Ceci est spécialement pour vous, mon ami.
Le Père Anselme dit que protéger les campagnes
et l'agriculture exagérément comme on le fait,
à cette heure, que fermer les frontières, c'est
exploiter les villes et annihiler l'industrie. Qu'a-
lors les villes et l'industrie trouveront le moyen
de se venger, par la recherche d'avantages cher-
chés au loin chez les peuples pauvres, qui pour-
ront donner quand même à meilleur marché
que la France les objets de même nécessité. Le
Père Anselme ajoute que vous, les protection-
nistes, vous n'êtes pas chrétiens. Vous irritez les
hommes les uns contre les autres. Au lieu de
travailler au règne de l'amour social, vous travaillez au règne des haines, vous serez cause de
la poursuite à outrance de l'augmentation des
salaires, par la poursuite à outrance des bénéfices

sur le sang et sur la chair du Christ, sur le pain et sur le vin. Vous sacrifiez le peuple des villes au peuple des campagnes ; or, le premier souffre plus, il est plus irritable et plus dangereux.

MONSIEUR DE MARCHENNES

Votre père Anselme ne voit que l'ouvrier, c'est un anarchiste !

Mme de Marchennes fait les signes d'une personne scandalisée et quitte sa chaire.

MERCÉDÈS

Ce qui m'intrigue à présent, c'est la ressemblance à établir entre le Père Anselme et Jacques Dessard, dont vous nous avez parlé au début de votre prédication, ma chère maman.

MONSIEUR DE MARCHENNES

Oui, il y a entre ces deux hommes des similitudes dans la contradiction : l'un est un fraternel, l'autre un personnel, mais leur éloquence est dominatrice à tous les deux.

MERCÉDÈS, avec animation.

Moi, ce qui me frappe dans Jacques Dessard, ce n'est pas son éloquence, c'est le vrai brutal mais lumineux de sa doctrine. Il nous prouve qu'il n'est nul besoin d'aller au peuple puisque le peuple vient à nous. Pourquoi s'abaisser, si ce qui est en bas peut monter ? Livrons une part de nos privilèges et de nos richesses à ceux qui s'élèvent, je le veux bien, chrétiennement, mais gardons-nous de jeter dans le gouffre de la masse ce qui s'y engloutirait sans profit ni pour elle ni pour nous.

MONSIEUR DE MARCHENNES, enthousiaste

Mercédès est superbe et elle domine de cent coudées votre Père Anselme.

MADAME DE MARCHENNES, même ton

Ce qui me ravit par-dessus tout, c'est d'admirer ma fille, et je lui sacrifierai qui on voudra.

MERCÉDÈS

J'ai des parents exquis, uniques, ce qui ne les empêche pas de m'imposer un mariage banal, le plus inférieur qui soit au monde.

MADAME DE MARCHENNES, vivement

Mais Lucien n'est ni un sot, ni un homme

en rien vulgaire, pas plus que ne l'était mon pauvre frère mort en héros pendant le Siège.

MONSIEUR DE MARCHENNES

Ma chère amie, écoutons Mercédès ; après tout, c'est elle qui est en cause. Lucien n'a aucun de ses goûts. Il dédaigne pour ne pas dire plus, les milieux qui nous attirent ; il bâille à ce qui nous passionne tous trois. Ah ! il n'est pas comme nous du temps nouveau. Mercédès et lui n'ont ni une ambition commune, ni une habitude d'esprit semblable. Votre neveu, Hélène, est un ignorant. Mercédès et lui n'ont l'un pour l'autre que des sentiments de camaraderie et de parenté, que de l'amitié. Tout cela peut n'être pas brisé par une rupture de fiançailles, mais serait insuffisant peut-être pour donner le demi-bonheur nécessaire au mariage.

MERCÉDÈS

Combien je vous sais gré, mon père, de ce que vous venez de dire ; vous ne pouviez traduire plus exactement ce que j'éprouve. C'est l'intérêt de ma vie que vous défendez. Je veux être quelqu'un. La femme de Lucien ne sera jamais que Mme de Thorny. Ma mère chérie, vous ne voudriez pas faire de votre fille tout d'abord une incomprise, puis une malheureuse, n'est-ce pas ?

MADAME DE MARCHENNES

Mais sans doute, sans doute. D'ailleurs, tu commandes à ta mère. Si Lucien ne t'agrée pas, dis-le-lui. Pas de brouilles seulement, car j'en aurais trop de chagrin. Je le chéris comme le fils d'un frère aîné dont les qualités et les défauts étaient semblables aux miens. Ce que je trouvais de parfait dans ce mariage c'est que nul n'avait à le discuter ni à en ergoter, mais je confesse que Lucien s'éloigne de plus en plus de nos idées à mesure que nous aussi nous avançons. L'écart s'accentue au point de prendre des façons d'abîme.

MERCÉDÉS

Que voulons-nous tous trois ? Aller au delà de la situation que nous assure notre nom et notre fortune. Nous voulons exercer une influence sur notre temps, lutter contre ses bourrasques, grouper autour de nous des forces. Ainsi le dîner d'aujourd'hui me semble un heureux début. Que dans notre maison tous puissent se rencontrer, qu'on y échange des opinions contradictoires avec le ton que nous saurons imposer. Créer des activités de pensées, exciter les luttes d'idées, aider aux chocs lumineux des esprits voilà qui nous amuse, nous, autrement que des potins et des cirques. (Mme de Marchennes approuve.)

MONSIEUR DE MARCHENNES

Pour ce que tu dis, il nous faudrait attirer souvent à la fois, ensemble, des hommes comme Brette, ce qui est facile, mais comme Dessard, ce qui l'est moins. Brette et Dessard dans le même salon, fréquemment, tous pourraient y paraître et y être retenus.

MERCÉDÈS

Jacques Dessard viendra autant de fois que vous l'inviterez, mon père, j'en suis certaine.

MADAME DE MARCHENNES

Il ne va nulle part assidûment, c'est chez lui un principe, et il a raison. Les couloirs de la

Chambre suffisent amplement à épuiser l'influence et la domination des idées.

MERCÉDÈS

J'ai causé seule avec M. Dessard et il a à peu près sollicité une seconde invitation. Cette fois, nous saurons en profiter pour élargir le cercle.

MONSIEUR DE MARCHENNES, ravi.

Si Dessard est chez nous, en confiance, mais alors nous le tenons !

ACTE DEUXIÈME

Grand hall à la campagne s'ouvrant au fond par de larges portes sur une terrasse. Petit pavillon à gauche, vue sur la campagne. Environs de Paris au mois de juin. Il est neuf heures du matin.

SCÈNE PREMIÈRE

LUCIEN ET MERCÉDÈS entrent à droite en habit de cheval, animés par la promenade, ils causent vivement.

LUCIEN

Hé bien, le sort en est jeté, capricieuse cousine, vous vous mariez demain ! Vous allez être, vous, Mercédès de Marchennes, la compagne d'un fils de ses œuvres, comme on dit aujourd'hui, et bien plus, pour accentuer votre choix, la femme d'un député radical. C'est là ce que mon oncle, votre père, décore du nom pompeux

de politique du paratonnerre et que votre mère,
qui ne sait faire autre chose que d'admirer tous
vos actes, appelle la grande idée de la famille !
On peut tout vous dire, Mercédès, à vous dont
la passion dominante est le nouveau, le jamais
entendu. Sachez donc que j'ai pris mon parti de
votre mariage avec M. Dessard, pour une première raison majeure, c'est que je ne puis l'empêcher, et puis parce que vous avez besoin de
jeter cette gourme. Mais si vous avez refusé ma
main, il me restera dans l'avenir l'espoir de
conquérir votre cœur.

MERCÉDÈS proteste par un geste, puis sourit.

Si j'ai refusé votre main, c'est que vous n'avez
pas eu le courage de vous soumettre à une
sérieuse épreuve pour la conquérir.

LUCIEN

Comment ! Je me suis fait nommer député.
J'ai siégé dix insupportables mois au milieu de
gens qui ne vivent, marchent, voyagent, écrivent,
pensent, que pour plaire aux plus tarés, aux
plus braillards parmi leurs électeurs. Je me serais
à tout jamais déshonoré si un Thorny était

déshonorable, en votant les projets socialistes des meneurs de l'extrême gauche, et vous trouvez que je n'ai pas fait là un acte d'héroïsme, digne de mériter la suprême récompense ? J'ai joué en conscience, pendant près de deux cents jours, les Randolph Churchill, et je vous assure que le nom donné au rôle est insuffisant pour le faire accepter longtemps à un galant homme. Entre de Vincent, l'apôtre des missions ouvrières catholiques, vous et « mon parti », j'ai cru plus d'une fois perdre la tête. Aussi est-ce avec bonheur que je reviens à mes chasses et surtout à mes chevaux.

MERCÉDÈS

Les chevaux, à quoi cela sert-il, en dehors du plaisir de les conduire une heure dans l'après-midi ou de les monter le matin ?

LUCIEN

A quoi cela sert ? à vous mener quelque part, et à vous ramener, ce que ne fait pas la politique !... D'ailleurs jouer les lady Randolph Churchill, ne vous amusera pas longtemps, vous êtes trop fantaisiste, cousine. Les chevaux dont

il vous plaît de médire à cette heure, vous les
avez aimés follement. La politique est un sport
nouveau pour vous, mais vous en aurez par-
dessus les oreilles avant la fin de votre lune de
miel.

MERCÉDÈS

Oui, la politique est un sport, où l'on conduit
des hommes toujours en révolte, qui se cabrent,
qui se haïssent, voilà qui est plus passionnant
que de conduire un mail-coach, ou de tenir en
bride une douzaine d'adorateurs.

LUCIEN

Je ne vois guère la différence : les hommes
sont les hommes, partout les mêmes. Ils se
haïssent aussi bien pour une femme que pour
un parti, et je préfère quatre chevaux à...

MERCÉDÈS, avec enthousiasme

Quatre chevaux ! la belle affaire. On peut
atteler à dix, à cent en politique !

LUCIEN

Joli mot, atteler un groupe ! On disait déjà...
emballer une minorité. Je connais, moi, ces

tristes plaisirs, les ayant pris ou vu prendre ; ils suent l'ennui ! Bref ! ma belle cousine, je ne puis vous dire qu'une chose, c'est que mon amour pour vous est prêt à tous les sacrifices. Il est vrai que je suis paré à l'avance, grâce à mes petites combinaisons. Quand vous aurez divorcé avec M. Jacques Dessard, je pourrai vous épouser, même à l'église ! oui à l'église. J'ai mon secret ?

MERCÉDÈS

Vous êtes l'insolence faite démon.

LUCIEN, lui baisant la main

J'ai été à si bonne école, mais je veux toutes les cordes à mon arc, et j'entends que vous confessiez que je suis exquis.

MERCÉDÈS

A propos de quoi ?

LUCIEN

Oh ! c'est fort simple. Après tout, je suis de la famille et je dois désirer que mon futur cousin ait bonne façon : savez-vous ce que j'ai fait ? j'ai obtenu de Robertson qu'il accepte votre mari comme élève. Il faut que Dessard sache se tenir à cheval ; plus tard, après Robertson, si vous le permettez, en quelques leçons je l'achèverai.

MERCÉDÈS, nerveuse.

Vous l'achèverez, le mot est Régence.

LUCIEN

Voyons, cousine, soyez gracieuse et sachez-moi gré de ma démarche. Vous connaissez les partis pris de Roberston. Vous lui auriez demandé des leçons pour Dessard qu'il vous les eût refusées, vous le savez bien, sous prétexte que vous vous êtes mésalliée ; moi, j'ai pu lui expliquer, et il m'a cru, qu'en épousant Dessard vous faisiez une chose utile à notre caste et qu'au lieu de tourner autour du quatrième État, comme nous autres gentilshommes démocrates, vous l'abordiez de front. J'ai dit que vous épousiez un homme demi-peuple et demi-bourgeois ayant une influence réelle sur la masse, qu'enfin vous faites plus et mieux que lady Churchill, pour laquelle Robertson professe une admiration sans bornes.

MERCÉDÈS, embarrassée.

Merci, Lucien ; oui, vous m'avez rendu un service, mais avec des façons impertinentes que je ne puis subir, quoique j'en convienne, la situation s'y prête. Si Jacques a une éducation à faire pour venir à moi, j'ai aussi la mienne à faire pour aller à lui.

LUCIEN

Je voudrais bien, cousine, vous voir un peu vous mal tenir en selle par amour du radicalisme.

MERCÉDÈS

Mon très cher cousin, cette conversation m'impatiente, terminons-la, je vous prie. Vous savez que nous attendons mon futur beau-frère, et que Jacques est allé au-devant de lui. Ledit frère est est tout ce qu'on nous présente, pour tout potage, comme famille.

LUCIEN

Potage maigre !... Je le connais, ce frère de votre futur époux et, de par ses principes, M. Dessard aîné traiterait mieux un nègre. Ce qu'il malmène le pauvre cadet ! c'est invraisemblable ! Mais la mère, il y a bien une mère ?

MERCÉDÈS

Elle est... malade. D'ailleurs, elle doit l'être. Il faut bien que la démocratie ait ses avantages et qu'on ne soit pas forcé de tenir compte des ancêtres. Les hommes, on les accepte quels qu'ils soient, surtout depuis que chez nous quelques-uns ont pris de si vulgaires façons ; un homme est noir, il passe dans le tas ; mais les femmes ! Ah ! non, ma belle-mère en robe gris perle avec un chapeau bouton d'or, jamais !

(Lucien rit et sort avec Mercédès.)

SCÈNE II

JEAN, domestique, JACQUES, MAURICE. Jean précède Jacques et Maurice qui entrent par où sont entrés Lucien et Mercédès. Jean, une valise à la main, s'entendant appeler, s'arrête avant d'entrer dans le pavillon. Jacques est en toilette du matin et Maurice en habit de voyage.

JACQUES, un peu haut.

Jean !... Quelle chambre a mon frère ?

LE DOMESTIQUE, désignant une chambre qu' donne sur la terrasse.

Celle du petit pavillon. Madame voulait donner au frère de Monsieur la chambre voisine de celle de Monsieur. Mademoiselle a dit qu'il fallait garder cette chambre pour l'un des séna-teurs, témoins de Monsieur, et elle a ajouté que la famille devait toujours être sacrifiée...

JACQUES

Dans ces occasions-là ?

LE DOMESTIQUE

Mademoiselle n'a rien ajouté.

JACQUES, ennuyé.

Très bien, c'est parfait.

MAURICE, à son frère avec amertume.

Voilà qui m'aidera à me croire chez toi.

(Le domestique entre dans le pavillon.)

SCÈNE III

Les Mêmes, sauf le domestique. JACQUES et MAURICE
s'assoient sur le devant de la scène.

JACQUES, roule une cigarette d'une façon nerveuse et l'allume; prenant un ton brutal.

Ah! çà, tu ne vas pas garder cet air malheureux de chien battu, j'imagine. Je suis au comble
de mes vœux, tu dois être gai.

MAURICE

Malgré ta tyrannie, ton égoïsme féroce, je me
réjouirais si je croyais à ton bonheur, mais...

JACQUES, du même ton.

Le bonheur! mot creux bon pour le piètre
appétit de sentimentaux comme ma mère, Judith
et toi; mot de convention fait de sensiblerie, de
foi inconsciente, d'aveuglement, de sacrifice,
oui, de sacrifice! D'ordinaire le bonheur dans
l'amitié, dans la parenté ou dans l'amour se jauge
à l'hypocrisie et au mensonge des uns, à l'oubli
du moi des autres. D'ailleurs, qui le saisit, le

bonheur ? C'est la mousse du champagne qu'on
ne happe jamais parce qu'elle se jette elle-même
hors du verre ! Je me moque du bonheur comme
d'un bouchon et de ce qui saute avec lui. J'ai
plus que le bonheur, j'ai la veine, entends-tu ?

MAURICE, tristement.

La veine qui a pour terme complémentaire la
déveine. (Un silence.)

JACQUES, se lève.

Combien de temps as-tu mis pour venir avec
ton fiacre ?

MAURICE, se lève à son tour.

Un fiacre eût été trop cher. J'ai pris le chemin
de fer jusqu'au Murret, et une voiture seulement
du Murret ici. En tout quatre heures et cinq
francs.

JACQUES, examine son frère et le fait tourner.

L'habit est de la Belle-Jardinière, cela se voit !
pourtant, c'est encore moins mal que chez ton
tailleur. Avec ta figure de malade et tes façons
négligées, il y a en toi un mélange d'aristocrate

et d'ouvrier qui m'agace... Prends de la ron-
deur, que diable ! respire l'air du temps, poitrine
ouverte, au lieu de te recroqueviller sans cesse.
La vie est vivante, comme dit Mercédès, jamais
plus qu'à notre époque elle n'a sollicité les activités, ne les a entraînées ; elle a des gymnas-
tiques brutales, mais saines ; 1830 et ses gastrites ;
1848 et son brouet noir sont passés de mode.
Le désolantisme, le pessimisme, l'humanitarisme
sont déjà vieux jeu. La démocratie en chair et
en os, avec ses luttes de classes et d'intérêts, a
remplacé les utopies rêvasseuses. Consciente de
sa force, de sa puissance, de sa poigne qu'elle
délègue à ses favoris, la masse a balayé les in-
compris et les philantropes.

MAURICE

Ces inquiets, ces maladifs qui te font pitié, ont
cherché et cherchent encore quelque chose d'autre
que la brutalité de ce qui est. Aucune poursuite
du mieux, si naïve qu'elle soit, n'est inutile,
puisqu'elle soulève toujours un peu de poussière d'idéal. Les vieilles barbes, les libéraux ont
essayé de faire quelque chose pour les masses, et
ils ne leur demandaient rien en échange, eux,

tandis qu'aujourd'hui les hommes comme toi
marchent sur les masses qui les élèvent comme
sur de vulgaires alluvions : principes, doctrines,
idées, sont, pour ces forts, des détritus qu'on
solidifie en piétinant dessus. Ce qu'il leur faut,
c'est tout simplement un terrain !

JACQUES

Poseurs, hâbleurs ou naïfs, tels furent ceux qui
nous ont précédés, tels sont la plupart de ceux
qui m'entourent. Moi, je suis dans toute l'ac-
ception du mot un homme d'action qui affronte
les choses ; ces choses je les regarde en face, les
dégage des sophismes accumulés, et, au besoin,
fonce dessus lorsqu'elles me résistent. Les lamentations, les pleurnicheries, les ménagements,
n'ont jamais fait avancer un homme dans une
foule. La lutte pour l'existence et pour la marche
en avant a pour formule : se faire faire place !
D'ailleurs, comment suis-je arrivé ?

MAURICE, tristement.

Si j'essayais de te le dire, tu me ferais
taire.

JACQUES, violemment.

Tu crois que je vous dois tout, n'est-ce pas ?
à ma mère qui, veuve, a travaillé de ses mains
pour nous nourrir ; mais, plus énergique, elle
eût pu trouver des besognes moins humbles, et
ne pas nous faire rentrer dans le milieu ouvrier
dont mon père nous avait fait sortir. Par sa sou-
mission à l'infortune, elle m'a forcé à prendre, à
subir, mes premiers amis politiques dans le parti
radical que je hais parce qu'il est utopiste, réfor-
mateur, humanitaire, soi-disant vertueux. J'ai
dû être ultra, pour paraître fier au besoin de ce
qui m'abaissait et me liait au peuple. Tu crois
que je dois à Judith ma célébrité, à elle dont la
passion menaçait à chaque instant de me compromettre, dont le talent dans le journalisme
avancé a pu m'être utile un moment, au début de
ma carrière, mais qu'elle a su me rendre odieux
par ses scrupules politiques en faisant de sa
plume l'épée flamboyante toujours suspendue sur
ma tête. Je te dois peut-être un peu plus à toi,
et encore parce que tu t'es fait mon second, que
tu m'as dégrossi mes discours, mes brochures,
mes articles, mes livres.

MAURICE, sourdement.

Je te les ai faits !

JACQUES, hausse les épaules.

Est-ce que je ne t'inspirais pas, est-ce que, par un mot, par une formule je ne fécondais pas ton esprit féminin, moi, le mâle ? J'ai donné vingt fois ce que j'ai reçu. Qu'étiez-vous sans moi, ma mère et toi ? Qui donc t'a instruit, qui a passé des nuits froides prenant sur son sommeil nécessaire pour t'éduquer, frérot ? Qui plus tard a travaillé pour te nourrir, te vêtir ? J'ai servi à ma mère, y ajoutant sitôt que j'ai pu, et au prix de quelle gène, de quels sacrifices, une rente modeste, il est vrai, mais qui l'a toujours mise à l'abri du besoin, et qui, pour elle, aujourd'hui, est l'aisance. Ma liaison avec Judith, d'abord flatteuse pour moi, l'a été depuis tout autant pour elle. Toi, tu as la notoriété, tu es le frère de Jacques Dessard. Je suis quitte à cette heure avec votre triumvirat hostile, jaloux et haineux, entends-tu ?

MAURICE, très ému.

Jacques ! Jacques !

JACQUES, rondement.

Mais quelle mouche me pique, je crois que je m'emporte. Voyons, as-tu fait ce que je t'ai laissé à faire ? Trois articles pour le *Combattant*.

MAURICE

Oui !

JACQUES

Ma préface au livre de Karjac.

MAURICE, fait un signe d'assentiment.

JACQUES

Tu as soigné les entrefilets annonçant mon mariage dans les feuilles de ma circonscription ? C'était délicat, difficile même. Tu es habile quand il te plaît, et il ne te plaît guère, mon mariage. Tu m'as apporté ces journaux ?

MAURICE

Oui.

JACQUES

Tu as bien fait ressortir que c'est un droitier qui est venu à moi, et non moi qui suis allé à lui, et cela de façon à ne pas blesser M. de Marchennes ?

MAURICE, ironiquement.

N'ai-je pas l'habitude de me mettre à ta place ?

JACQUES

Tu n'as rien négligé dans les ministères, tu as vu tout le monde pour les cinq démarches dont je t'avais laissé la liste, tu as obtenu des promesses écrites pour les cinq protégés de mon comité électoral ! Tu as écrit toutes mes lettres en retard ?

MAURICE, avec lassitude.

Oui, mon frère, j'ai dû passer les trois dernières nuits, maintenant que Judith ne m'aide plus.

JACQUES

Ne m'appelle donc pas « mon frère », c'est mauvais genre, cela suffirait pour te faire prendre en grippe par Mercédès. (Avec hésitation.) Je te préviens, Maurice, qu'il faut avoir de l'aplomb avec ta future belle-sœur. Ne te laisse pas estourbir par elle, sinon elle te mépriserait sur l'heure.

5

MAURICE, avec impatience.

Si tu daignes ne pas m'imposer silence à tout moment, selon ta chère habitude, je ne me laisserai pas... estourbir.

JACQUES

A la bonne heure, voilà le ton que tu dois prendre. Tu as vu Judith ce matin, comme je t'en avais prié, tu lui as rappelé qu'elle avait accepté loyalement notre rupture; et que, par conséquent, j'étais libre de me marier?

MAURICE, avec une pointe de méchanceté.

Oui. Mais je n'ai rien obtenu d'elle; elle dit que tu l'as trompée, que tu n'as rompu avec elle qu'engagé avec Mlle de Marchennes. Sa colère contre toi va croissant. Je crains qu'elle ne se venge, qu'elle vienne ici.

JACQUES, avec éclat.

Comment, qu'elle vienne! Tu n'as donc pas, comme je te l'avais ordonné au cas où elle menacerait de quelque scandale, porté ma lettre au préfet de police?

MAURICE, froidement.

Malgré ma répulsion, j'ai remis ta lettre au préfet; il l'a gardée, bien entendu. Après avoir longuement réfléchi : « C'est impossible, m'a-t-il dit; il y aurait de ma part abus de pouvoir vis-à-vis d'une personne en vue, populaire, qui, après son arrestation, sa mise en liberté, créerait un mouvement d'opinion, non seulement contre moi, ce dont je pourrais courir le risque, mais contre mon ministre », et il a ajouté que ton dévouement audit ministre étant des plus minces, il n'avait nulle envie de le compromettre pour toi. Comme j'insistais, il m'a promis d'en référer en haut lieu.

JACQUES

Et puis ?

MAURICE

Je suis retourné trois fois à la Préfecture, sans pouvoir mettre la main sur le préfet. Enfin, à onze heures et demie, hier soir, je l'ai attendu à la sortie des Français et finalement je n'ai pu obtenir qu'un refus des plus secs.

JACQUES

Alors, je suis, moi, livré à Judith ?

MAURICE, riant.

N'est pas qui veut Holopherne.

JACQUES, brutal.

Tais-toi.

MAURICE, avec ironie.

Toi, un homme d'action, crois-moi, tu as trop
l'habitude de te servir des autres ; tu aurais dû
régler cette affaire avant ton départ. Tu as
manqué de courage envers Judith. Pourquoi,
puisque vous aviez rompu, ne pas lui annoncer
toi-même ton mariage ? Tu sais prendre les
choses de si haut ; moi, je te le confesse, je
m'attendris.

JACQUES

Oui, sur ceux qui me barrent le chemin, pas
sur moi ; j'aurais dû prévoir ta traîtrise.

MAURICE, froidement

Voici la vérité. Judith est ici dans le village ;

je l'ai rencontrée sur la route en voiture, elle m'a dépassé, et je sais qu'elle est descendue à l'auberge, car son fiacre était arrêté quand j'ai traversé la grande rue. Je suis même surpris qu'en venant m'attendre au carrefour du bois, tu ne l'aies pas croisée. Il a dû s'en falloir d'une minute.

JACQUES, rudement.

Avoue que tu n'as rien fait pour la convaincre, au contraire. Tu es mon ennemi. Tu es jaloux de mes succès, de la situation que je vais prendre; tu me hais, mais par des motifs plus bas que Judith, qui, elle, m'a aimé. Prends garde ! je marcherai sur toi, comme...

MAURICE, douloureusement.

Comme sur tes électeurs ; moi aussi je suis de ces alluvions qui solidifient un terrain.

JACQUES

Pouvez-vous être autre chose, vous les faibles, vous l'élément de la poussière sociale ? La domination est pour les forts et je vous domine de toute la puissance de ma vitalité et de mes réso-

5.

lutions. Au fait, à cette heure, tous trois unis, ma mère, Judith et toi, vous pourriez peut-être entraver certains de mes actes. Je préfère donc un arrangement !... Que veut ma mère ?

MAURICE

Assister à ton mariage.

JACQUES

Et Judith ?

MAURICE

Ses lettres.

JACQUES

Et toi ?

MAURICE

Rien qu'échapper à ton absorption ; mais, Dieu merci, j'ai 21 ans... dans trois jours.

JACQUES

Alors c'est la lutte à outrance, car ma mère n'assistera pas à mon mariage. Je ne rendrai pas à Judith ses lettres, seule garantie que je possède contre elle vis-à-vis de notre parti... Ah ! elle assaisonne l'extrême gauche de la belle façon dans sa correspondance, et si je livre quelques-uns de ses billets doux...

MAURICE

Judith t'a cru, en effet, capable de communiquer ses lettres ; aussi, dès hier, s'est-elle garée et a-t-elle quitté la rédaction de la *Revendication* pour entrer dans celle du *Français de France.*

JACQUES, furieux.

Ah ! c'est trop fort.

MAURICE

J'ai lu ce matin son article que déjà on s'arrachait aux kiosques du boulevard. Elle prend avant toi et avant ta future femme la situation que vous vouliez prendre, celle d'intermédiaire entre le socialisme chrétien et la démocratie. Elle exécute tous ceux qu'elle a malmenés dans ses lettres à toi, et elle fait par là le bonheur secret de nos vrais amis qu'elle ne perdra pas.

JACQUES, avec sang-froid.

C'est bien: J'ai à me garer de vos machinations, à moi de le faire. Daigneras-tu me dire quel est le projet de Judith en venant ici ?

MAURICE

Elle assistera demain à ton mariage au bras du prince de Brette, qu'elle a si hautement loué pour sa charité, tu te le rappelles, dans l'un de ses articles de la *Revendication* et avec lequel elle est au mieux. C'est lui qui l'a introduite au *Français de France*. M. de Marchennes, quoique maire, n'osera faire expulser de l'église une femme accompagnée par le prince et surtout une journaliste, lui qui en a tant peur, dit-on !

JACQUES

Et quand elle sera dans l'église ?

MAURICE

Je ne sais rien de plus !

JACQUES

Tu mens ?...

(Il bondit sur son frère et le menace.)

MAURICE, se redressant.

Veux-tu faire revivre Étéocle et Polynice.

JACQUES

Je suis Étéocle! rappelle-toi ses paroles :
« L'injustice devient grande, lorsque le pouvoir
en est le prix. » Encore une fois, veux-tu la
paix ? Si c'est la guerre, va rejoindre Judith à
son auberge, je saurai bien vous y faire escorter
par le soupçon.

MAURICE, lassé.

Je ne veux ni la guerre ni la paix. Je suis exté-
nué. Laisse-moi partir. J'empêcherai ma mère
de venir demain à ton mariage. Tu n'auras plus
en face de toi que Judith.

JACQUES, avec calme

J'ai eu tort de te faire venir, mais maintenant
il faut que tu restes à déjeuner. Cet après-midi,
j'enverrai une lettre au docteur Carré, qui te
rappellera auprès de ma mère par une dépêche
pressante. Ce ne sera donc ni la guerre ni la
paix, ainsi que tu le désires, c'est un armistice.
Je sais quelle valeur a ta parole, car il y a une
exigence que nous avons tous deux au même
degré, celle de l'honneur. Est-ce entendu ?

MAURICE

Entendu ?

JACQUES

On déjeune à midi. Tu as deux heures pour
te reposer, je te ferai réveiller à temps pour que
tu puisse t'habiller. Ta chambre est là...

(Il le reconduit jusqu'à la porte du pavillon.)

SCÈNE IV

JACQUES, puis M. DE MARCHENNES

JACQUES, avec haine.

Je croyais les avoir matés. Voyons, pas de
discours. Il s'agit de vaincre dans le dernier combat. Résumons les choses. A déjeuner je parle à
Maurice de mes inquiétudes sur l'état de santé
de ma mère. Après déjeuner, M. de Marchennes
me donne l'un de ses gens, qui porte à cheval,
en deux heures, une lettre au docteur Carré.
Celui-ci feint de me rassurer par sa réponse,
mais il écrit à Maurice une lettre qui le rappelle
en hâte... Maurice montre sa lettre à M. de

Marchennes, part, retient ma mère à Paris. Il est vrai que nous restons brouillés. Tout est profit, et de deux !... Reste Judith. Que faire contre son audace, ses ressources d'esprit, la passion qu'elle met dans ce qu'elle croit être un acte de justice... Tout me la fait craindre.

MONSIEUR DE MARCHENNES, entrant à gauche sur le devant de la scène, un journal à la main.

Mon cher enfant, vous me voyez dans la béatitude. Être dans le vrai, en avoir la preuve quand tout essayait de vous prouver que vous étiez dans le faux, c'est admirable. Si quelque chose peut ressembler à mon éclectisme en vous donnant ma fille, c'est l'entrée de Judith dans le *Français de France.* Elle vient à nous comme vous-même êtes venu. Voilà donc enfin le pont jeté entre la démocratie sincère et la noblesse. La veille de votre mariage, la conversion de Judith, voilà un signe qui ne peut tromper et j'y vois la preuve de votre influence. Bravo !... le coup est d'un maître. Vous auriez dû inviter Judith à votre mariage, Brette lui aurait donné le bras; ils sont au mieux. Quel succès dans le village, le blanc et le rouge ensemble fraternisant. C'eût été deux cents voix de plus à ma prochaine élection.

JACQUES, d'un ton saccadé.

Cher monsieur, le programme est rempli. Judith est ici à l'auberge, elle viendra demain à l'église au bras du prince de Brette. Voulez-vous savoir pourquoi ?

MONSIEUR DE MARCHENNES

Il m'importe peu. Qu'elle soit la bienvenue. Brette agit en ami. Judith est aujourd'hui la dernière invention de la politique du paratonnerre.

JACQUES

Belle politique, Monsieur, mais ayant des inconvénients, car le paratonnerre attire l'orage.

MONSIEUR DE MARCHENNES

Non, il le dirige et l'enterre.

JACQUES

Ici, ce n'est pas le cas, il l'attire seulement.

MONSIEUR DE MARCHENNES, s'asseyant près d'une
table où il dépose son journal.

Je ne comprends pas!

JACQUES, s'asseyant de l'autre côté de la table.

Judith est venue pour faire du scandale à l'é-
glise.

MONSIEUR DE MARCHENNES, souriant.

Vous vous trompez, mon cher enfant, lisez
son article. J'avais peur d'elle en effet, et je crai-
gnais que votre mariage à l'église vous attirât
de sa part quelque dure semonce dans la *Revendication*. Ce mariage a tout l'air de vous faire
passer à l'ennemi. Votre situation dans votre
parti eût pu souffrir d'un blâme violent de Judith; or, cette situation, il faut à tout prix que
vous la conserviez, sinon...

JACQUES

Sinon ?

MONSIEUR DE MARCHENNES, avec désinvolture.

Oh! mon Dieu, tout simplement parce qu'a-
lors vous ne rempliriez plus les conditions du
paratonnerre que vous apportez en dot.

6

JACQUES, résolument.

Vous mettez ma bonne foi en demeure de vous faire une confidence brutale, Monsieur. Judith est un danger, — parce qu'elle a été ma maîtresse.

MONSIEUR DE MARCHENNES, avec hauteur.

Eh ! Monsieur, qu'ai-je à faire d'une telle confidence ? L'intimité de cette personne avec votre mère, avec votre frère, permettait de nier la forme de son intimité avec vous. Pourquoi m'obliger à la connaître ? en quoi cela peut-il vous servir ? car enfin j'imagine que vous avez rompu avec Mlle Judith avant de me demander ma fille ?

JACQUES

J'avais rompu.

MONSIEUR DE MARCHENNES, dédaigneusement.

Eh bien ! alors, je ne suppose pas que, dans le monde de la libre pensée, quelque lien idéal subsiste après une rupture !

JACQUES

Judith acceptant notre rupture n'a point,

paraît-il, accepté mon mariage et menace d'un scandale.

MONSIEUR DE MARCHENNES

Ma fille serait-elle menacée du vitriol?

JACQUES

Il faut, Monsieur, que vous obteniez du prince de Brette, pour garer sa filleule, qu'il fasse partir Judith ce soir même.

MONSIEUR DE MARCHENNES

En vérité, Monsieur, ni moi ni Brette nous ne sommes préparés à de telles besognes. Nous y serions empruntés. Veuillez prendre la peine de procéder à cette exécution vous-même.

(Il sort.)

SCÈNE V

JACQUES, puis MADAME DE MARCHENNES

JACQUES, apercevant M⁰⁰ de Marchennes.

Voilà peut-être le secours !

MADAME DE MARCHENNES

Bonjour, mon futur gendre, avez-vous bien dormi ? Non, je l'espère car vous êtes encore en puissance de péché. N'oubliez pas que c'est à cinq heures que notre bon curé vous attend à l'église pour recevoir votre confession.

JACQUES, insinuant.

N'auriez-vous pu, Madame, me laisser obtenir de ce « si bon curé » un billet de confession ?

MADAME DE MARCHENNES, d'un ton bref.

Cher monsieur, chacun ici vous a fait ses conditions ; les miennes ont été les plus douces. Je vous ai demandé, pour l'édification des chrétiennes de notre village, que vous vous confessiez à l'église. On peut être parfaitement révolutionnaire et catholique. Bien des gens en ont donné la preuve ; je me suis mis en l'esprit de vous convertir et il faut vous laisser faire. La religion est la grande niveleuse des classes et des fortunes. Vis-à-vis de Dieu, on n'est ni riche, ni titré. Je ne comprends pas que votre démocratie française persécute la religion. Je compte sur vous pour changer le courant d'idées fausses qui entraîne vos amis.

JACQUES

Vous me perdez tout simplement, Madame, et vous voulez la mort, non du pécheur, mais du converti. Des démons sont acharnés à ma perte. Judith, de la *Revendication*, est ici dans le but de faire demain un scandale à l'église : elle m'accusera publiquement, sais-je de quoi ? Je suis pour mes amis, et pour elle, un réfractaire, un traître. J'aurais dû rester parmi les miens, ne pas convoiter de faire partie d'un milieu où votre charité rayonne, où votre âme illumine.

MADAME DE MARCHENNES, hésitant.

Comment ! parce que nous vous acceptons, les vôtres vont vous rejeter, mais alors vous perdrez toute votre influence ! Et les projets de ma fille, et ceux de M. de Marchennes, et les miens. Voyons, chez vous on n'excommunie pas, cependant ? Si cela était, que deviendrait le pont jeté ! le fameux pont ?... Est-ce que l'autre rive se reculerait !... La situation est grave, très grave !

SCÈNE VI

Les Mêmes, UN DOMESTIQUE

LE DOMESTIQUE

Mademoiselle et Monsieur prient Madame de venir un instant dans la bibliothèque où ils l'attendent.

(Mᵐᵉ de Marchennes sort brusquement suivie du domestique.)

JACQUES, avec violence.

Est-ce qu'il ne me reste que les coups de poing maintenant pour avoir raison de Judith ?

———

ACTE TROISIÈME

Même lieu, mêmes décors.

SCÈNE PREMIÈRE
JACQUES, MAURICE

JACQUES

Tu peux être satisfait. L'arrivée de Judith, avant même qu'elle n'ait parlé, a fait écrouler mon difficile échafaudage. Et tu avais deviné cela, toi qui devines tout. Tu vas donc avoir le bonheur d'assister à la débâcle. Ici on ne m'acceptait que pour bénéficier de mon influence. Chez mes amis, on ne m'absolvait que parce que j'arrivais à soustraire à nos adversaires une part de leur puissance. Et voilà qu'en même temps une bourrasque arrache et disperse les doubles jalons laborieusement plantés.

MAURICE

Je m'étonnerais que tu ne découvrisses pas quelque moyen heureux de ressaisir ta chance. Ce n'est pas à ton âge et avec ta nature, quand on n'a commis que des malfaisances et point encore de crimes, qu'on se laisse briser. Tu aurais pu m'accorder au moins une heure pour me reposer quand tu m'en avais promis deux.

JACQUES

Maurice, mon frère !

MAURICE, avec ironie.

Tu m'appelles « mon frère », c'est mauvais genre ; si Mercédès t'entendait !...

JACQUES

Venge-toi par les mots, s'ils peuvent apaiser ta rancune, mais écoute-moi, car je joue ma vie ou celle des autres à cette heure... Toi seul peux éloigner Judith... (Maurice fait un signe de dénégation.) Tu le peux !... Seul, tu as droit de parler de bonté et de pardon... Va vers elle, je te le demande. Quand je reviendrai au milieu de vous battu, broyé, par conséquent plus mauvais, qu'aurez-vous gagné? La leçon que vous avez désiré me donner je l'ai reçue ; j'en souffre. Que vous faut-il de plus ?...

SCÈNE II

LES MÊMES, MERCÉDÈS

JACQUES, effaré, présentant Maurice.

Maurice Dessard, mon frère !

(Mercédès salue, tandis que Maurice s'incline avec dignité.)

MAURICE, d'un ton de grande assurance

Veuillez me pardonner, Mademoiselle, si je vous suis présenté par Jacques, en voyageur ; mais il est si ému de son bonheur et des craintes passagères qu'il a de le perdre qu'après m'avoir conseillé un repos, que mon extrême fatigue rendait nécessaire, il est venu m'arracher au sommeil dans ce lieu... champêtre que vous avez bien voulu désigner vous-même pour que j'y puisse jouir de votre hospitalité... familiale.

MERCÉDÈS, étonnée, à Jacques

Vous me disiez que votre frère est un timide.

Je crois démêler qu'il est plutôt impertinent !
(Jacques, troublé, veut répondre. Mercédés l'arrêtant.) Ne le
défendez pas, je le préfère ainsi... (Elle tend la main
à Maurice.) A charge de revanche. Monsieur !...

MAURICE

Et de continuité, Mademoiselle !...

MERCÉDÈS

Remettons la joute à plus tard... Nous sommes
aux prises avec des difficultés qui doivent pour
un jour, exclure les malices de l'esprit. On m'a
dit, Monsieur, que vous étiez dévoué à votre
frère ?...

(Maurice garde le silence. Jacques lui prend la main. Mercédés
regarde la scène surprise.)

JACQUES

Nul ne l'a été plus que lui, mais il croit avoir
à se plaindre de ma gratitude...

MAURICE

Quelle preuve de ce dévouement aviez-vous à
me demander, Mademoiselle ?

MERCÉDÈS

Vous êtes l'ami de Mme Judith ?

(Mouvement du jeune homme.)

MAURICE

Oui, Mademoiselle j'admire son talent, son caractère et sa charité envers les humbles...

MERCÉDÈS, avec ironie.

La charité ne doit pas, à mon avis, être spéciale à une classe, pour être vraiment charité!... Elle peut s'exercer aussi bien en haut qu'en bas. Mais il y a des natures qui croient que les sentiments circonscrits et étroits ont plus de profondeur...

MAURICE, froidement.

Ceci ne s'applique pas à Judith qui a l'esprit le plus large et le cœur le plus généreux que je connaisse !...

MERCÉDÈS s'assied et invite de la main les deux jeunes hommes à s'asseoir. Elle prononce lentement les paroles suivantes.

En vérité, Monsieur ?... Vous me donnez l'impérieux désir de connaître cette Mme Judith !...

(Tous deux se lèvent comme mus par un ressort.)

MERCÉDÈS, continuant.

J'ai appris par mon père qu'elle était dans le village, arrivée tout exprès pour assister demain à mon mariage. Je ne la crois pas invitée par l'un de vous, j'imagine, ou par votre mère, trop malade pour faire des invitations? Elle ne l'est ni par mes parents, ni par aucun membre de ma famille. Je trouve cela étrange. Et vous?

(Jacques est atterré, Maurice troublé.)

JACQUES, payant d'audace.

Mes amis sont irrités contre moi à propos de ce qu'ils appellent mes accommodements. Aucun d'eux n'eût osé, de peur de se compromettre, assister à mon mariage à l'église. Vous savez, Mercédès, que je n'ai trouvé de témoins que parmi les sénateurs de la droite, amis de votre père; mais Judith est à cette heure dans les mêmes dispositions d'apaisement et de concilia-tion que moi, et elle l'a prouvé, en quittant la rédaction de la *Revendication*. Elle a même fait ce matin un article dans le *Français de France*. Peut-être assistera-t-elle à mon mariage pour protester contre les protestations de mes amis.

Je sais d'ailleurs qu'elle viendra à l'église au bras du prince de Brette, ce qui couvre un peu ce que vous avez appelé avec raison l'étrangeté de sa démarche et lui donne plus de respectabilité.

MERCÉDÈS

Voilà une explication habile !...

JACQUES, inquiet.

Comment cela, habile ?...

MERCÉDÈS, à Maurice.

Voulez-vous me faire un grand plaisir, Monsieur mon futur beau-frère ?

MAURICE, s'inclinant.

Si je puis le vouloir.

MERCÉDÈS

Vous pouvez le vouloir, si vous voulez le pouvoir, Monsieur l'ergoteur. Je vous demande d'aller me chercher Mme Judith et de me la présenter. Je ne doute pas qu'elle n'ait le désir de

causer avec la jeune fille qui va, demain, épouser
son ami Jacques Dessard...

Maurice abasourdi, regardant Jacques stupéfait.

MERCÉDÈS, hautaine.

Eh ! Monsieur, je crois lui faire honneur ! Et
puisqu'elle vient pour assister à mon mariage,
puisque vous ne trouvez tous deux qu'une explication sympathique à me donner de sa présence
ici, pourquoi vous étonnez-vous que moi, la
convertisseuse, moi dont l'ambition est de créer
des chaînons entre les classes séparées, je désire
voir une femme qui, le matin même, a fait, de
son propre mouvement, la conversion que je
souhaitais de lui voir faire ; votre Judith, Messieurs, était, je l'avoue, parmi vos amis, l'une
de celles que je désirais séduire pour la voir travailler avec moi à l'apaisement de certaines ini-
mitiés radicales et à la lutte contre certains entê-
tements conservateurs.

MAURICE

Judith serait femme à vous comprendre, Mademoiselle, si...

MERCÉDÈS

Si quoi ?

JACQUES

Viens, Maurice, allons la chercher !

(Il entraîne Maurice tandis que Mercédès les regarde longuement. Les deux hommes entrent dans le petit pavillon et en res-
sortent pour s'éloigner par la terrasse.)

SCÈNE III

MERCÉDÈS, puis LUCIEN

Mercédès rêve assise près de la table. Elle aperçoit le
numéro du *Français de France* laissé par son père, le par-
court, donne quelques signes d'approbation et rejette le
journal.

LUCIEN, arrivant par la terrasse où il a dû rencontrer
Jacques et Maurice.

Comprendra qui voudra, cousine... Votre pro-
tégée la receveuse des postes, vient de risquer
pour vous sa situation, en me communiquant
des dépêches extravagantes... La première, de
Judith au reporter du *Français de France*, la
seconde, de la même Judith au président du

groupe radical de la Chambre, la troisième, de ladite au directeur du *Diogène*... Toutes trois sur le même modèle : « Arrivez pour voir entrer le fiancé à l'église à cinq heures et s'y confesser. La population est convoquée par la belle-mère en vue de son édification. »... Comme vous le savez, nous sommes aujourd'hui dimanche... Voulez-vous que ces dépêches soient retardées ou... égarées ?...

MERCÉDÈS, vivement.

Il faut qu'elles n'arrivent pas !... Mme Judith, vous le verrez, ne réclamera rien, étant donné que le spectacle attendu n'aura pas lieu.

LUCIEN

Cette femme, que Dessard vous a dit être son amie, est sa pire ennemie. D'ailleurs, il y a de quoi.

MERCÉDÈS

Vous dites ?...

LUCIEN

Je dis... je dis ce qu'on sait, même en Chine,

si tant est qu'on s'y occupe de Jacques Dessard
et de dame Judith !

MERCÉDÈS

Voilà une apparence d'accusation qui sent son
jaloux d'une lieue, Lucien, et qui est indigne de
vous ! Vous voulez me faire entendre que cette
Judith a été la maîtresse de Jacques. Tout le
monde peut essayer de m'en convaincre, excepté
vous.

LUCIEN

Pardon Mercédès. D'ailleurs, rendez-moi cette
justice que je n'ai rien affirmé ?

MERCÉDÈS

Parce que je vous ai arrêté à temps !

LUCIEN

C'est vrai !... Que dois-je faire pour mériter
mon absolution, belle cousine ?

MERCÉDÈS

Rien, puisque vous venez de me rendre un
grand service en m'apprenant l'imprudence de
ma mère et la conspiration de Mme Judith. Allez

7.

je vous en conjure, trouver le curé sur l'heure
de ma part... Faites-lui peur des journaux... du
bruit de cette histoire... Dites-lui que Jacques
donnera cinq cents francs aux pauvres pour son
billet de confession, et apportez-moi ce billet,
je vous en prie ! Que le curé envoie de maison
en maison la vieille Toinette, car c'est elle que
ma mère a dû employer pour convoquer les
dévotes du village à cinq heures ; Toinette dira
que j'ai obtenu une grosse somme, qui sera dis-
tribuée aux pauvres, pour un billet de confession
et que monsieur le curé est content. Je me
charge de convaincre ma mère de mon côté ; la
voici, d'ailleurs. Cousin, vous êtes un merveil-
leux garçon d'honneur ! Vous travaillez au succès
de la noce dès la veille !

LUCIEN, à Mᵐᵉ de Marchennes qui entre.

Vous savez, ma tante, je comprends qu'elle
vous conduise mon oncle et vous, par le bout
du nez. Elle me fait faire l'impossible !...

(Il sort par le fond.)

SCÈNE IV

MERCÉDÈS, Mme DE MARCHENNES

MERCÉDÈS

Ma mère chérie, je vous demande un grand sacrifice.

MADAME DE MARCHENNES, s'asseyant.

Décidément tu ne peux m'en demander un plus grand que celui de n'avoir pas Lucien pour gendre.

MERCÉDÈS

Vous voudriez que j'eusse risqué, en l'épousant, le plus grand malheur qui puisse atteindre une femme : l'ennui, le terrible ennui !... Est-ce que vous vous amuseriez beaucoup en tête à tête avec mon père, s'il n'était pas député, s'il ne s'occupait que de ses terres et de sa fortune, s'il ne s'intéressait ni à la politique, ni au socialisme chrétien ?... Un homme qui déteste l'action, c'est le pire des défauts : être inoccupé est un vice !...

MADAME DE MARCHENNES

Que veux-tu de moi, enjôleuse ?

MERCÉDÈS

Que vous fassiez donner à Jacques un billet de confession.

MADAME DE MARCHENNES

Ah ! ça non, par exemple !... Là, je ne céderai jamais !

MERCÉDÈS

Mais, ma mère, vous détruisez à plaisir toute notre œuvre. Vous frappez votre futur gendre d'impuissance !

MADAME DE MARCHENNES

Comment cela ?

MERCÉDÈS

Vous lui enlevez toute influence sur son milieu, et alors, pourquoi l'avons-nous appelé à nous ?... N'est-ce donc pas pour en faire un instrument de nos idées ?... Lucien vient de me donner la preuve de la conspiration de cette

Judith qui a envoyé des dépêches aux députés
de son groupe, aux reporters radicaux, pour
qu'ils viennent à cinq heures constater que
Jacques se confesse publiquement.

MADAME DE MARCHENNES, avec agitation.

Rappelle-toi ce que tu viens de me dire dans
la bibliothèque : que nous devons attacher un
câble à la patte de Jacques... Eh bien, la confession quasi publique, c'est le câble !...

MERCÉDÈS

Ma mère chérie, pas de confession à aucun
prix !... Je vous le demande pour moi.

MADAME DE MARCHENNES

Allons, comme toujours, je cède !... Mais il
faut bien vite prévenir Monsieur le Curé et
avertir Toinette pour qu'elle aille chez tout le
monde dire... dire quoi ?...

MERCÉDÈS

Dire que Jacques consent à donner cinq cents
francs pour son billet de confession et que ces
cinq cents francs seront distribués demain après

mon mariage, par Monsieur le Curé, aux
pauvres.

MADAME DE MARCHENNES

Tu es d'un ingénieux !... Je cours...

MERCÈDÈS, gaiement.

Inutile !... Inutile !... Lucien est allé chez
Monsieur le Curé avec vos instructions et chez
Toinette.

MADAME DE MARCHENNES

Comment savais-tu, sorcière, que j'avais choisi
Toinette... que je céderais... que...

MERCÈDÈS, l'embrassant.

N'est-ce pas, mère, qu'il me sera facile de
conduire ces messieurs de la politique ?

SCÈNE V

LES MÊMES, JACQUES

(Il entre brusquement.)

JACQUES, à Mᵐᵉ de Marchennes.

Madame, je vous en conjure, laissez-moi parler

à Mercédès, seule, un instant... Il s'agit d'un entretien suprême !...

MADAME DE MARCHENNES, souriante.

Oui, oui, je sais !... La confession... Mercédès vous dira que j'ai cédé, comme je céderai toujours dans les siècles des siècles !...

(Elle sort à gauche et entre dans ses appartements.)

SCÈNE VI

MERCÉDÈS, JACQUES, puis UN DOMESTIQUE

MERCÉDÈS

La conversation sera-t-elle longue ?... Voulez-vous que nous nous promenions sur la terrasse ou préférez-vous me parler ici ?

JACQUES

Ici !

(Tous deux s'assoient l'un près de l'autre.)

JACQUES, très ému.

Dans un quart d'heure, Mercédès, Judith viendra, vous l'aurez voulu !... D'ailleurs, cette femme nous avait tous acculés à cette issue, car elle allait vous écrire et demander à vous voir après le scandale qu'elle comptait provoquer ce soir, à mon entrée au confessionnal, et que dans sa haine aveugle elle avait dénoncé à...

MERCÉDÈS, froidement.

Vous voulez parler, je suppose, des dépêches au *Français de France*, au *Diogène*, au président de votre groupe. Ces dépêches ne sont pas parties et ne partiront pas. Votre... amie n'aura point à s'en plaindre, j'imagine, puisque la représentation est, à cette heure, contremandée dans tous ses détails. Si vous aviez été plus attentif, vous auriez compris tout à l'heure que ma mère elle-même renonçait à votre conversion publiquement édifiante et qu'elle acceptait le billet de confession. Vous en serez quitte pour donner cinq cents francs aux pauvres.

JACQUES, stupéfait.

Qui vous a parlé des dépêches ?

MERCÉDÈS

Tout simplement notre receveuse qui m'est dévouée et qui a prévenu Lucien.

JACQUES, avec explosion.

Ainsi votre cousin sait tous les tracas, tous les
ennuis que je vous cause ?... Il doit me haïr un
peu plus...

MERCÉDÈS, avec hauteur.

Lucien est gentilhomme, il ne peut haïr celui
qui l'a supplanté dans l'esprit d'une femme qu'il
n'avait pas su occuper. La loyauté et la philoso-
phie des Marchennes-Torny sont connues. Je
vous prie donc de ne pas dramatiser vos relations
avec mon cousin. Vous ferez preuve ainsi de
bonne éducation... Il vous est si facile, d'ailleurs,
de triompher avec belle humeur !

JACQUES, sourdement.

Je ne triompherai pas !...

MERCÉDÈS

Que voulez-vous dire ?

JACQUES, avec explosion.

Ah ! Mercédès, ceux qui, dans la situation où
je suis, peuvent appeler à eux le secours de la
passion, de l'amour, ont au service de leur cause

8

des forces auxquelles je ne croyais pas. Le scepticisme a, dans les grandes crises de la vie, je le constate, bien peu de ressources. Ceux-là qui aiment trouvent les paroles entraînantes de la persuasion. Je ne sais si je dois vous cacher ce que vous savez peut-être, ou vous confier ce que vous ignorez. Le temps passe et je le perds. J'en arrive à ne plus distinguer entre mon énergie et ma violence, et j'hésite. Pour tenter un dernier assaut, les armes sont à la portée de ma main, mais je les saisirai trop tard peut-être pour vaincre, et trop tôt pour la vengeance qui me hante...

MERCÉDÈS

L'homme qui parle ainsi au premier engagement sérieux avec une femme, est celui qui ne cessait de me répéter qu'il se sentait de taille, avec ou sans moi, à dominer son parti, à s'imposer à son pays !

JACQUES

Je n'ai renoncé ni à dominer ni à m'imposer ; mais à cette heure, la forme que j'ai choisie m'échappe, j'en trouverai une autre !

(Un domestique apporte une carte.)

MERCÉDÈS, lisant, avec autorité.

« Judith » tout court. Entrez là, Jacques, et empêchez ma mère, mon père, Lucien, votre frère de troubler notre entretien...

(Elle fait signe au domestique d'introduire Judith.)

JACQUES, au moment de sortir, avec explosion.

Ma destinée tout entière va se jouer là, entre ces deux femmes !... Ah ! si je pouvais reprendre le passé ou dompter l'avenir !

(Il sort.)

SCÈNE VII

JUDITH, MERCÉDÈS

JUDITH entre. MERCÉDÈS va à sa rencontre froidement, fièrement, en très grande dame. Les deux femmes se regardent. MERCÉDÈS est en élégant déshabillé, JUDITH en costume sévère. MERCÉDÈS indique un siège à la visiteuse et s'assoit elle-même.

JUDITH

C'est bien à Mademoiselle Mercédès de Marchennes, fiancée de Jacques Dessard, que j'ai l'honneur de parler ?

MERCÉDÈS, s'incline.

C'est bien Madame Judith, amie de M. Jacques Dessard, que j'ai l'honneur de recevoir ?

JUDITH, s'inclinant.

Vous avez désiré me parler, Mademoiselle ; vous avez les imprudences de la jeunesse !

MERCÉDÈS, d'un ton détaché.

En quoi suis-je imprudente, je vous prie ?

JUDITH

En m'appelant pour me questionner ou me braver !...

MERCÉDÈS, très calme.

Je m'étonne de vos paroles, Madame. Il m'a été conté par mon cousin que votre intention était d'assister à notre mariage, amenée par mon très noble parrain, le prince de Brette, qui vous a en grande sympathie. Il m'a semblé que rien ne s'opposait à ce que je vous visse pour apprendre s'il vous agréerait de me faire à moi, demain, l'honneur d'une présence que vous comptiez faire à M. Dessard seul. Qu'y a-t-il d'étonnant à ce que je désire prendre ma part de cet... honneur ?

JUDITH

Je n'assisterai pas, comme on vous l'a fait croire, en amie, à votre mariage, Mademoiselle. J'ai contre votre... fiancé des griefs qu'il me paraît en vérité, quoique je l'aie cru facile, assez difficile de vous énumérer. Si je me suis rendue à votre invitation de venir chez vous, c'est que j'ai désiré savoir si, vous ou les vôtres, vous vous êtes enquis du caractère... intime de Jacques Dessard ?

MERCÉDÈS

N'en doutez pas, Madame ; mes parents se sont informés, et je me suis appliquée à juger par moi-même ; mais étant de plus vieille date que moi son amie, étant plus... mûre, plus expérimentée qu'une jeune fille, vous pouvez m'éclairer peut-être sur certains points que je n'ai pas découverts encore...

8.

JUDITH, en éveil.

Si je suis plus... mûre et plus expérimentée, vous êtes, vous, Mademoiselle, ou féroce ou singulièrement naïve. Je m'arrête un instant au second terme sans savoir si je m'y tiendrai par la suite. Il vous semble donc... (Elle insiste sur les mots.) connaître M. Dessard. Approuvez-vous sa conduite envers sa mère, qu'il écarte cyniquement de sa vie nouvelle, malgré le dévouement presque sublime dont la pauvre veuve a fait preuve dans le passé pour arriver, seule, à nourrir, à instruire ses fils ?... Il vous la dit malade et elle ne l'est point. Jacques doute de la noblesse de vos sentiments au point de ne pas oser vous présenter sa mère, parce que le labeur l'a rendue humble. Mais c'est une femme admirable que tous les amis de Jacques et de Maurice honorent et chérissent !... De la mère et de la femme, Mme Dessard a tous les dévouements, toutes les vertus...

MERCÉDÈS

Vous devez vous y connaître, Mademoiselle.

(Elle dit lentement : Ma-de-moi-selle.)

JUDITH, tressaillant, à part.

C'est extraordinaire !...

MERCÉDÈS

J'ignore si Mme Dessard est malade ou non.
C'est à son fils seul d'être juge de sa santé, tant
que je ne serai pas sa belle-fille. Mais ce que je
sais bien, c'est que si elle est mère dévouée, elle
doit être fière du mariage que Jacques va faire...

JUDITH

Fière ?... non. Elle préférerait être heureuse.

MERCÉDÈS

Oui, sans doute. Elle eût désiré connaître de
longue date sa belle-fille, s'être habituée à la
considérer comme la femme de son fils, avoir
échangé avec elle, en une affection réciproque,
les douceurs de l'indulgence.

JUDITH, de plus en plus stupéfaite.

Mme Dessard voudrait savoir que Jacques est,
vis-à-vis de sa fiancée, plus tendre, moins égoïste
qu'il ne l'a été avec elle.

MERCÈDÈS

Et avec vous... Est-ce au nom de Mme Dessard ou au vôtre que vous parlez, Mademoiselle ?

JUDITH, se levant avec éclat.

C'est au mien !... Sachez que les serments que Jacques vous fait, il me les a faits à moi ; les douces paroles d'amour qu'il chuchote à votre oreille, il me les a dites ; la fidélité, il me l'a jurée ; les engagements qu'il va prendre avec vous, demain, sauf le cérémonial qui les accompagne, il les a pris avec moi !...

MERCÈDÈS, se levant à son tour.

Pourquoi faire des serments ? Pourquoi chuchoter de douces paroles d'amour à l'oreille de celle qui doit être votre femme ? Et quant aux engagements... sans cérémonial, on ne les prend, me semble-t-il, qu'avec une maîtresse...

JUDITH

Savez-vous bien ce que vous dites ? Est-ce pour me jeter l'insulte au visage que vous m'avez appelée ? Êtes-vous assez pure, assez sainte, assez froidement éduquée, pour admettre que le mariage exclut l'amour ?... Croiriez-vous que la passion ne peut être offerte qu'à Dieu ?

MERCÉDÈS, avec hardiesse

Je suis de celles qui font les épouses dignes de ce nom !...

JUDITH

Eh bien, apprenez quel homme sera votre époux !... Froid, calculateur dès son enfance, il n'a jamais vu en personne, parent ou ami, qu'une valeur à exploiter, grande ou petite, à son profit. Égoïste infernal, il ne connaît l'émotion d'aucun sentiment quel qu'il soit, hors celui de ses satisfactions personnelles ; ambitieux effréné, sans foi, sans conviction, sans sincérité, sans droiture, sans loyauté, sans cœur, il n'est et ne sera jamais ni fils, ni frère, ni amant, ni époux, ni citoyen. L'exaltation de son moi, la conquête de la situation qu'il convoite inspirent seuls ses actes et les déterminent. Tout ce qui le rehausse, le porte, lui sert, il l'exploite et le fait sien, il le vole effrontément. L'appétit, l'insatiabilité, l'orgueil dominent la vie de cet homme,

parasite éhonté d'un milieu auquel il arrache
tout sans rien lui rendre, entendez-vous ?...
Rien !...

MERCÉDÈS

Il y a de la puissance dans le portrait de
l'homme que vous dépeignez. La lutte pour
l'existence ne le trouvera pas faible et désarmé.
La fureur de monter le guidera si on l'aide, car
on ne peut être grand, c'est la loi divine et
humaine, on ne peut s'élever qu'en s'allégeant
des passions inférieures !

JUDITH

On peut, Mademoiselle, se hausser sans s'élever, dominer d'en bas sans monter vers le haut,
il suffit d'accumuler sous ses talons tout ce qu'on
a détruit autour de soi pour s'en faire un pié-
destal. Le mal a ses forces d'activité égales à
celles du bien ; il a ses arguments, ses sophismes,
mais il n'édifie, ni ne fonde jamais, car il est
frappé d'impuissance. Le bien, le don de soi, la
charité du dévouement, le sacrifice, l'amour
enfin, tout ce qui se résume dans ce mot ma-
gique peut seul édifier, fonder une œuvre so

ciale, aider à l'ascension d'un grand caractère. Heureux les malheureux qui aiment et dont le cœur déborde d'amour pour leurs semblables !

MERCÉDÈS, froidement.

Je vous croyais un esprit avancé, Mademoiselle, et je vous vois en véritable possession du plus vieux préjugé que je connaisse.

JUDITH

L'amour... un préjugé ?

MERCÉDÈS

Je me trompe, une institution...

JUDITH

Une institution... l'amour ?

MERCÉDÈS

Qui tend à disparaître.

JUDITH, se révoltant.

C'est une jeune fille qui parle ainsi, une femme, un monstre !... Ah ! je suis bien vengée !... (Un long silence.) Au revoir, Mademoiselle,

vous n'avez plus rien à craindre de moi, ni ce
soir, ni demain, ni pour vous, ni pour votre
fiancé. Il me suffit qu'il vous appartienne !...
Nous nous retrouverons à Paris, où il y aura du
mal et du bien à faire... Je vais consoler une
mère qui a souffert à son tour le martyre de la
croix et peut dire aujourd'hui de son fils : Il n'y
a rien de commun entre lui et moi ! J'emmè-
nerai le frère exploité, dévoué, et avec lui toute
la valeur que vous croyez à Jacques Dessard,
lequel n'est devenu quelqu'un que par nous et ne
sera plus rien sans nous !...

MERCÉDÉS, avec défi.

C'est ce qui me reste à prouver !...

SCÈNE VIII

LES MÊMES, MAURICE qui paraît au fond.

JUDITH

Celui-là a le cœur et le talent ; viens, Maurice,
tu souffrirais trop ici, et tu n'y trouverais jamais une sœur. Laissons ces infatués à leurs

ambitions féroces. Ils courent à la conquête des vanités, ces cyniques ; nous, à force d'amour et de foi, essayons de suivre la route difficile du dévouement qui est aussi celle de la gloire vraie !

(Ils sortent.)

SCÈNE IX

JACQUES entre ; il voit Maurice et Judith s'éloigner.
MERCÉDÈS

MERCÉDÈS, souriante.

Nous en étions encore ce matin, mon cher Jacques au libre échange entre nous ; je suis forcée de vous imposer à cette heure le protectionnisme.

JACQUES

Mercédès, un mot. Dois-je les suivre, et me venger ? Ah ! je le ferai terriblement.

MERCÉDÈS

A votre gré.

9

JACQUES

Vous ne m'y obligez pas, après ce que Judith a dû vous dire.

MERCÉDÈS

Me croyez-vous une enfant ?... Cette dame ne m'a rien dit de sa liaison avec vous que je n'aie su avant même de vous connaître. Vous aviez curieusement choisi. Elle est passionnée, vivante, c'est ce que j'appelle une nature, mais un esprit arriéré qui vous eût arrêté court. Il y a mieux à faire de vous, mais à la condition que vous soyez soumis. (Jacques fait un mouvement de fierté.) Oui, soumis, telle est ma condition. Croyez-vous que j'ai gratuitement délivré votre vie d'une maîtresse audacieuse et d'une famille embarrassante pour n'en point exiger la rançon ? J'ai appris par Judith ce que vous devez de reconnaissance à votre mère, d'aide à votre frère et à votre maîtresse. Ces dettes impayées, je les prends à mon compte, et c'est avec moi que vous les acquitterez.

JACQUES

Vous vous trompez, Mercédès, je n'ai point

de dettes. Je dois à ma mère le pain quotidien
que je continuerai à lui servir. J'ai rendu à mon
frère, par le travail de l'action, ce qu'il m'a
donné par celui de la pensée ; sa situation
s'est faite en même temps que la mienne et par
la mienne. Quant à Judith, mon manque de
confiance finale se justifie par sa menace d'es-
clandre, et je suis quitte envers elle. Je l'ai choisie parce que je croyais pouvoir, au rayonne-
ment de sa célébrité naissante, éclairer ma route,
mais je me suis conduit avec elle en galant
homme, comme il me plaira toujours de me
conduire. Je n'ai ni une tache, ni une tare, si
petites qu'elles soient, dans ma vie. Mon ambition haute m'a garé des faiblesses. J'ai trouvé
la force de résister à toutes les tentations de la
fortune facile, dans cette pensée que des fautes
légères pourraient grossir un jour en raison de
ma valeur acquise. J'ai souffert mille tortures
en tout mon être moral pour grandir, et c'est
dans cette souffrance que j'ai perdu, que je
devais perdre : la pitié. C'est en étant insensible
à ma peine, en bataillant contre le plus cruel
des obstacles, la pauvreté, que je suis devenu
insensible pour les autres. Je n'ai vu de grand

dans la vie que la conquête et je n'ai vécu que
de conquêtes arrachées par la force à mon milieu.
J'ai une gloire, une fortune, celle de l'honneur
difficile. Laissez-moi vous parler sans péri-
phrases, Mercédès, parce que je vous estime
haut et que vous êtes une grande dame, de ma
liaison avec Judith.

Je lui ai rendu, en fidélité, en constance, ce
que je ne pouvais lui donner en amour. J'ai
désiré cette femme pour maîtresse, parce que ce
choix m'élevait au-dessus de ma condition. Vous
n'aurez jamais à redouter ni dans le passé, ni
dans l'avenir, de partages indignes de vous. Je
suis maître de moi ; vous ne m'avez pas demandé d'amour et je n'avais point à vous confesser que j'en avais déjà donné puisque jamais
je n'ai aimé Judith d'amour.

MERCÉDÈS

Vous conviendrez cependant que cette liaison,
par le scandale projeté, pouvait rompre notre
mariage, et que vous aviez en vain, vous-même,
essayé d'en détourner les menaces.

JACQUES

J'en conviens.

MERCÉDÈS

Vous avez donc contracté une dette envers moi, je tiens à l'établir.

JACQUES

Aujourd'hui oui, demain non. En protégeant notre mariage d'un scandale, vous avez tout simplement dégagé la communauté !

MERCÉDÈS, durement.

Vous mériteriez que j'hésite, que je renonce même à passer dans cette communauté par profits et pertes votre gratitude.

JACQUES, effrontément.

Vous ne romprez pas. Seul je puis satisfaire vos goûts de domination parce que je les ai ; seul je puis aider votre ambition à jouer un grand rôle parce que je veux moi-même jouer ce rôle. Vous savez qu'à l'heure d'une épreuve, je puis avoir besoin de vous. Que cela vous suffise. Vous avez du félin, j'ai du fauve, n'essayez pas trop vite vos griffes sur ma chair ; guettons plutôt ensemble la même proie.

9.

MERCÉDÈS tend la main à Jacques; la cloche du déjeuner
sonne.

Le déjeuner... Que de besogne faite, que de
nuages disparus en si peu d'heures. Voilà qui
est de bon augure.

SCÈNE X

LES MÊMES, Mᵐᵉ DE MARCHENNES, LUCIEN

MADAME DE MARCHENNES à Jacques.

Voici le billet de confession !

JACQUES lui baise la main.

Merci !

MADAME DE MARCHENNES

Tout péril est donc conjuré grâce à ma tolé-
rance ?...

LUCIEN, à Jacques.

On nous dit votre frère parti avec Mᵐᵉ Judith ;
faut-il s'en attrister ou s'en réjouir, mon futur
cousin ?

MONSIEUR DE MARCHENNES

Il faut craindre !

JACQUES

Comment craindre, comment croire à un danger, lorsqu'on est père de la plus vaillante des Clorinde ?...

MOURIR

PIÉCE EN UN ACTE

PERSONNAGES

CILLOS.
EUSÈBE.

DORIS.
DELIA.

MOURIR

LE CHŒUR, UN CORYPHÉE

LE CORYPHÉE

Le jour prédit s'est levé. Des nuages sombres voilent encore la majesté du Dieu de lumière et l'aurore tremblante semble n'avoir fait qu'entr'-ouvrir les portes du jour. Lorsque Apollon brillant aura dissipé les brumes et accompli la moitié de sa course, les desseins de Jupiter, maître des dieux et du sort des hommes, seront accomplis.

LE CHŒUR

Première voix.

Nous ne craindrons plus alors la colère ina-paisée de Diane pour nous, pour nos filles et pour nos fils.

Deuxième voix.

Le crime de Menalippos sera expié.

Troisième voix.

Combien de jeunes hommes et de jeunes filles de Patras ont péri victimes de l'offense faite à la déesse en son temple !

LE CORYPHÉE

Depuis vingt ans chaque année, les plus beaux et les plus belles parmi les jeunes hommes et les filles de Patras sont réunis. Deux prêtres, une corbeille à la main, leur présentent des chiffres roulés. Le nombre 13 désigne les victimes.

LE CHŒUR

Première voix.

Qu'il est cruel, le sort des plus beaux parmi les enfants de Patras dont pas un ne pouvait se dire : Je jouirai de la beauté et de la vie que les dieux m'ont données. Tous, par la cruauté du sort, pouvaient être marqués pour le sacrifice !

Deuxième voix.

Et quelle était la terreur des mères en donnant le jour à un enfant dans lequel, dès les premières années, s'annonçait la beauté fatale !

Troisième voix.

On en vit plus d'une qui, dans sa passion farouche, défigura son propre enfant pour l'arracher à la rancune de Diane.

LE CORYPHÉE

Voyez ! Apollon chasse les nuages. Le iour est venu de la délivrance. Ce soir, la ville entière bénira le nom de la déesse apaisée.

SCÈNE PREMIÈRE

DELIA, DORIS

DELIA

Artémis farouche, ô destructrice, vois ta prêtresse. Jouis des tourments que le service de ton culte n'est point parvenu à calmer. Errante, je vais, du temple élevé à ta gloire par la main des hommes, à la source dont les eaux tranquilles te sont consacrées. Nulle part je ne trouve l'apaisement. Le mystère de tes autels m'égare, la fumée des parfums m'enivre ; la lumière du jour, la senteur des jardins fleuris avivent ma douleur et le peuplement des choses et des êtres de la nature me rendent plus cruelle encore la solitude à laquelle le destin m'a livrée. Maudit soit le jour où ma mère, croyant par mes vœux protéger mes sœurs nombreuses contre le cruel tribut de Patras, est restée sourde à mes supplications. Servante de la froide et implacable fille de Leto, je suis sans cesse troublée par l'amour de tout ce qui vit et frissonne. Moi qui devrais ne rien aimer, j'aime l'universalité de ce qui s'offre à mes yeux. Puis-je donc en cet état d'esprit (Elle s'asseoit) remplir le but du sacrifice qu'on m'a imposé, fléchir Apollousa et détourner le péril qui, le sixième jour du mois des fleurs, menace l'une de mes sœurs ? Aujourd'hui le sort désigne la jeune fille et l'homme jeune que les citoyens de notre ville, après les avoir choisis parmi les plus beaux, te sacrifient chaque année, ô déesse, depuis le jour fatal où, profanant ton temple sacré, ta prêtresse Comaetho osa en faire sa chambre nuptiale et s'y donner à Melanippos

que ses parents lui refusaient comme époux. En
frappant de mort subite les amants au pied de
tes autels, tu ne te crus pas assez vengée, toi la
cruelle, et tu répandis sur la cité de tels malheurs que la vie de deux êtres jeunes et beaux
qu'on te livre chaque printemps peut seule satisfaire ta rancune. J'ose me révolter, moi, ta servante, contre ta haine et appeler de tous mes
vœux le jour où, par deux morts volontaires,
l'oracle se réalisant, les sacrifices prendront fin.
Depuis le coucher du soleil, bien avant dans la
nuit, les chouettes ont répété à mon oreille leur
cri monotone et lugubre qui annonce la mort.
Mes paupières ne se sont fermées que pour voir
passer des visions funèbres et mes rêves m'ont
préparée à l'annonce de tous les malheurs pour
le jour qui commence. Et pourtant les dieux ont
fait cette heure matinale aussi claire, aussi par-
fumée que l'heure d'hier. Je retrouve en moi-
même cet amour vague dont l'étendue m'affole
et qui se répand sur l'infini du ciel, sur le nuage
empourpré, sur l'ombre et la fraîcheur des grands
arbres, sur la verdure des collines, sur le chant
de l'eau, sur les fleurs des herbages, et plus encore sur les papillons, sur les oiseaux, sur les

bêtes qui échangent cet amour refusé à la prêtresse d'Artémis, amour sans objet qui la torture, la dévore et la tue. O déesse insensible aux
douces illusions, emmène-moi parmi tes nymphes
dans les vallées du Taygète à la poursuite des
animaux féroces. Que je perce de mes flèches
les fauves, que mes yeux se plaisent à leurs blessures, plutôt que de m'attendrir à la vue d'un
rayon, de me troubler au bruit d'une aile, d'être
jalouse de tout ce qui s'aime.

DORIS, avec éclat.

Delia, ô ma sœur, prêtresse d'Apollousa, sois
moins cruelle que la déesse froide, haineuse et
violente; aie pitié de ton sang, protège-moi,
sauve-moi !

DELIA

Les sinistres avertissements de ma nuit ne
sont que trop vrais. Je devine la cause de tes
lamentations et de ton désespoir, Doris. Tu es
désignée par le sort cruel pour être jetée san-
glante, ce soir, la gorge ouverte comme les
plaintives brebis, au pied des autels d'Artémis.

DORIS

Mon malheur est plus grand pour moi que pour toute autre fille de Patras, ô Delia, car j'aime la vie avec passion, de la moindre étincelle de l'astre du jour au plus petit brin d'herbe. Je veux tout ressentir, jouir de tous les plaisirs des yeux ; tout me paraît beau de ce qui croît et s'épanouit, tout me transporte d'admiration dans tout ce qui respire. Et puis, Delia, toi qui sers dans son temple la chaste déesse, pardonne. J'adore Cillos, mon fiancé ; son amour emplit mon cœur d'un trouble délicieux, mes rêves de désirs. Je veux vivre dans ses bras la jeunesse que les dieux m'ont donnée. Je ne veux pas mourir. Delia, ma sœur, mon amie, secoures-moi !

DELIA, avec dureté.

Que puis-je pour toi ? Prendre ta place et te donner à la fois ma vie et mon honneur, en déclarant que je suis indigne d'être consacrée à la déesse pudique, en affirmant que j'aime un des fils de Patras, dont il me faudra dire le nom. (Avec ironie.) Et si je désignais Cillos, ma sœur, ne te rendrais-je pas plus malheureuse encore ?

Veux-tu que je choisisse un inconnu pour être
à la fois mensongère et coupable ? Tu le vois,
je te le répète, je ne puis rien, rien. J'ai fait
assez d'ailleurs. Est-ce que notre mère, en m'im-
posant un vœu de chasteté qu'ont reçu les dieux,
ne m'a pas brutalement écartée de la rencontre
des joies humaines en me jetant aux pieds de la
déesse, espérant sauvegarder, par cette consé-
cration de l'une de ses filles, le sort des autres.
Je connais la mort, moi, la mort odieuse et lente.
Enlevée au foyer de la famille, dont j'idolâtrais
les douceurs, m'a-t-on demandé si je voulais
vivre, aimer, posséder un jour le foyer de mes
enfants, semblable au foyer maternel ? Non ! Le
sort m'avait-il marquée pour cet inutile vœu ?
Pourquoi notre mère me l'a-t-elle imposé avant
d'interroger mes sœurs, de découvrir peut-être
que, dans leur nombre, l'une d'elles aurait la
vocation du renoncement et du sacrifice, que je
n'avais pas ? Tu viens de me peindre moi-même
ô Doris, en te décrivant. J'ai, comme toi, la
passion effrénée de la vie. Je l'aurais de l'amour,
si je pouvais. Tes destins me paraissent enviables.
Tu aimes, tu es aimée. Ta mort sera longuement pleurée par des yeux chéris. Tu as effleuré

tous les bonheurs de la terre, tu en as goûté le suc et l'essence. Fille, sœur, amante, aucune des émotions désirables ne t'a manqué. Tu peux mourir.

DORIS

Delia, tu es bien la prêtresse d'Artémis, sœur d'Apollon, qui s'associe à ses vengeances. Tu es l'image dure et jalouse de celle qui abhorre le doux amour éprouvé par les vierges et qu'elles-mêmes inspirent. Tu es plus farouche encore que l'orgueilleuse déesse, car elle eut un jour pitié des larmes d'Iphigénie, et les miennes te trouvent non seulement insensible, mais satisfaite.

DELIA

Viens avec moi prier dans la grotte sacrée. Peut-être, au pied de son autel, Artémis, qui me donne le spectacle des épreuves qu'elle réserve aux heureux de ce monde, apaisera-t-elle ma rancune jalouse et m'inspirera-t-elle des paroles qui te rendront plus forte dans le malheur.

SCÈNE II

CILLOS

CILLOS

Doris ! Doris ! Ses sœurs m'ont dit l'avoir
quittée pour entrer dans le temple au moment
où elle aperçut Delia près de la grotte sacrée et
la rejoignit. Je veux la voir, lui apprendre que
les dieux, en leur courroux contre nos joies, nous
conservent des faveurs. C'est moi qu'après Doris
le sort a choisi pour mourir avec elle. Quatre
heures nous séparent encore du supplice. Ces
heures nous appartiennent, et la cruelle Parque
elle-même ne songera pas à nous les ravir. Nous
vivrons en siècles les minutes, la main dans la
main, les yeux dans les yeux ; nous épuiserons à
flots les paroles humaines avant que notre bouche
glacée se ferme pour toujours. Nous nous répéte-
rons que l'amour défie la mort, que nos âmes
pures s'enlaceront encore tendrement dans l'at-
mosphère divine des champs élyséens. (Il se rapproche de la grotte.) Doris ! Doris !

SCÈNE III

CILLOS, DORIS

DORIS, après un silence douloureux.

Cillos, mon bien-aimé, je t'en conjure ! donne-moi le courage de te quitter ! dis-moi qu'avant peu tu aurais cessé de m'aimer ! que ta constance est lasse !... Fais-moi désirer cette mort dont j'ai la terreur, qui m'épouvante, me révolte et me donnera toutes les laideurs de la lâcheté. (Elle pose sa tête sur l'épaule de Cillos qui la conduit sur une roche.)

CILLOS, assis sur la roche avec Doris.

Écoute, Doris. Les dieux ont eu pitié de nous malgré leur cruauté. Ils ont entendu ma prière ardente. C'est moi qu'ils ont choisi pour mourir avec toi ! Bénissons-les plutôt que de les maudire !

DORIS, se lève épouvantée.

Toi, toi, Cillos ! Toi aussi tu vas mourir ? Ah ! pas un déchirement, pas un effroi ne me sera donc épargné! Te voir frappé le premier à mes côtés, non, non, je ne le pourrai jamais! Je t'en conjure, si tu m'aimes, prends ma vie sur l'heure! la mort, il me semble, me sera douce par ta main. Mais attendre les coups qui te jetteront ensanglanté à mes pieds, tendre la gorge aux sacrificateurs... Je ne puis y songer; je deviens folle; je me révolte et je crie : « Tue-moi, Cillos, par pitié ! »

CILLOS, avec une infinie douceur.

Songe, ma Doris, que, jeunes, ardents, sans que la glace des hivers ait refroidi nos feux, purs comme la lumière, nous irons, aux doux champs où nulle épreuve, nulle passion, nulle faiblesse ne pourra nous séparer. L'amour s'enferme à tout jamais dans l'âme des morts. Reprends courage! aimons-nous sans trouble jusqu'à l'heure fatale! Que notre tendresse tout entière monte à nos lèvres et nous enivre! Qu'importe que la source en soit tarie un instant plus tard ; aimons-nous!

SCÈNE IV

EUSÈBE, CILLOS, DORIS

EUSEBE

J'ai cru ne pouvoir te rejoindre. On m'inter-
disait l'entrée des jardins ; il m'a fallu me récla-
mer du lugubre titre de frère de la victime d'un
sort maudit pour arriver jusqu'à toi. Prête-moi,
Cillos, un moment d'attention. Ta mère, parente
éloignée de ma mère, m'a recueilli orphelin.
Elle m'a élevé comme son fils. Jamais, dans le
partage de sa sollicitude, elle ne t'a montré de
préférence, désireuse qu'elle était de ne jeter en
mon âme aucun germe d'envie. Je suis ton frère,
car si le même flanc ne nous a point portés, le
même cœur nous a couvés. Dès ma plus tendre
enfance, je t'ai chéri et n'ai formé qu'un vœu : te
rendre en dévouement ce que notre mère m'a
versé de joies pures. Aujourd'hui, frère, je
réclame de toi la faveur de prendre ta place. Les
dieux, grâces leur soient rendues ! m'ont donné
à moi comme à toi la beauté et Artémis chas-
seresse, dont les flèches ont autant de plaisir à

percer le cœur des jeunes hommes que celui des
fauves, ne se récriera pas sur l'échange.

CILLOS

Merci, Eusèbe ! j'aurai, en quittant la terre
pour le séjour des ombres heureuses, la joie profonde de savoir que je laisse à mes parents un
fils digne d'eux. Toi, mon frère, tu me rempla-
ceras donc auprès de ceux que j'abandonne avec
chagrin ; tu réaliseras leurs espérances et sera la
consolation de leurs tristes jours ! Tu ne pouvais,
Eusèbe, m'apporter une preuve plus touchante
d'une affection humaine, qu'aucune dans l'histoire ne pourra dépasser. Donne-moi ta main.
(Eusèbe veut se jeter dans ses bras ; — il l'arrête.) Non, je
suis déjà trop attendri, et ton étreinte, frère,
m'amollirait encore. Va, quitte-moi, je t'en conjure ! Retourne vers ceux de qui tu seras, ce soir,
avant qu'Apollon ait dételé son char brillant, le
seul soutien. Eusèbe, mon frère, sois béni !

DORIS

Reste, Eusèbe, je te prêterai l'appui de ma
persuasion, afin que Cillos reçoive de ta main
généreuse les jours que tu lui offres. Mon déses-

poir sera moins grand si celui que mon père me destinait pour époux reste vivant. J'accepte le sacrifice que tu fais à ton frère et déjà plus de force en mon âme a surgi. Mourir seule et vivre dans le souvenir du bien-aimé fidèle, oui, je sens enfin que je le pourrai et que les dieux m'assisteront à l'heure suprême et dernière.

CILLOS

Que veux-tu donc, Doris, que je fasse de la misérable existence que tu me laisserais, sans ta beauté, sans ton amour, sans ta présence ? Ne me frappe pas plus durement, je t'en supplie, que les coups du sacrificateur qui m'unira dans la mort à ce que j'aurai le plus adoré dans la vie. Cessons de parler de ces choses qui irritent un cœur jaloux. Ne sais-tu pas que rien en ce moment ne me ferait te survivre et que le sacrifice d'Eusèbe est inutile ; car si tu parviens à m'empêcher de mourir à tes côtés, je mourrai loin de toi. Non, Doris, ton âme gémissante n'aura pas à se repentir de m'avoir éloigné, et ne m'appellera pas en vain au séjour des ombres ! Adieu, Eusèbe, adieu !

EUSÉBE

Sache alors que ta cruauté envers nos parents
est sans limites, car je ne t'offrais qu'une vie
condamnable dont la durée ne peut qu'attirer
des malheurs sur la cité et déshonorer la maison hospitalière qui m'a reçu, élevé comme sien.
Le crime pour lequel Patras vous sacrifie aujour-
d'hui, je le commets en pensée, heure par heure,
depuis d'interminables jours. J'ai aimé dès l'enfance une fille de notre ville que sa mère impitoyable a consacrée à la déesse. Elle n'a point
encore soupçonné ma funeste passion, mais la
folie d'un amour sacrilège éclatera au moment
où Vénus le voudra. Les jours de fête où je puis
pénétrer dans le jardin du Temple, je viens
comme un insensé recueillir le souffle qu'elle a
laissé, m'enivrer de la vision de sa fugitive image
dans la source sacrée, baiser la trace de ses pas,
mordre les fleurs qui lui ont envoyé leur parfum.
Je crie mon amour à tout ce que ses yeux ont
fixé. Cillos, mon frère, abandonne-moi la belle
mort pompeuse du sacrifice, laisse-moi mourir
sous les yeux de la bien aimée, plutôt que de me
faire courir le risque ignominieux de la mort des
coupables.

CILLOS

Malheureux ! Je n'ai que trop compris, et mes souvenirs se précisent. Enfant, tu me confias ton jeune amour pour Delia, sœur de Doris, prêtresse de l'implacable déesse.

SCÈNE V

DELIA, EUSÈBE, CILLOS, DORIS

DELIA, qui s'est approchée peu à peu et a tout entendu, apparait et prend la main d'Eusèbe.

O prodige, voilà que les prédictions s'accomplissent. L'heure de la fin des sacrifices et de la délivrance des filles et des jeunes hommes de Patras a enfin sonné : « Une prêtresse d'Artémis sera aimée avec chasteté, ont dit les augures ; un homme jeune et beau offrira sa vie à la déesse pour ne pas la trahir et devenir sacrilège. Une prêtresse aimera cet homme le jour de sa mort et, pure comme lui, réclamera le bonheur du supplice à ses côtés. » Viens, Eusèbe, abandonnons ces enfants aux douceurs d'une vie qu'ils ne peuvent plus refuser puisqu'elle leur est laissée à tous deux. J'irai trouver les prêtres, et toi les magistrats de la cité. Que l'oracle s'accomplisse ! (À Doris.) Ma sœur, les joies de l'hymen te feront vite oublier la cruelle épreuve que les dieux nous imposent. Ne me plains pas. Je fêterai la mort qui me délivre avec autant de bonheur que tu pourras fêter ta vie heureuse. Apollousa cruelle fait place à la déesse qui guérit les maux qu'elle a causés. Artemis a changé en bienfaitrice une révoltée. Que son nom soit glorifié dans le présent et dans l'avenir !

(Cillos et Doris se jettent dans les bras l'un de l'autre. Eusèbe, à genoux, baise la tunique de Delia.

COUPABLE

COMÉDIE EN UN ACTE

PERSONNAGES

LOUIS, 32 ans, mari de Cécile.
BERNARD, 33 ans, ami de Louis.
CÉCILE, 25 ans, femme de Louis.

Un salon élégant à Paris. — Portes à droite et à gauche.
A droite, une table avec brochures, cigarettes ; à gauche de
la table, un fauteuil. A gauche, au premier plan, un canapé.
Chaises au fond.

COUPABLE

SCÈNE PREMIÈRE

LOUIS, assis dans le fauteuil près de la table, lit au lever du rideau : il est en costume de soirée, sauf un veston de chambre.

LOUIS, rejetant son livre.

Je donne raison au mari. C'est lui qui m'intéresse. L'amant me paraît stupide, malhonnête, bon à tuer. Mari trompé! Quel écho douloureux ces deux mots, qui me faisaient rire autrefois, trouvent aujourd'hui dans mon cœur! Ce n'est pas de l'humiliation que j'éprouve, c'est un chagrin violent. Dieu! Que je souffre! Voyons, cependant. Est-ce qu'en jurant fidélité à ma femme je me suis interdit, quelque tentation que je subisse, de la tromper? Non, sans doute.

J'essaie de me persuader qu'une femme qui faillit à l'honneur est bien plus coupable qu'un homme : la preuve c'est que je ne me croyais pas criminel en acceptant pour ce soir l'invitation de mes amis. Ce sont là des subtilités ! L'honneur est l'honneur, égal pour tous ; juger les autres oblige la conscience à une logique plus précise que lorsqu'on se juge soi-même.

SCÈNE II

LOUIS, BERNARD, entrant de droite, toilette de soirée, fleur à la boutonnière.

BERNARD

Toujours exact ! Me voilà ! Comment ? Tu n'es pas prêt ? Je croyais te trouver impatient comme un homme qui court à son premier renouveau ! Regarde-moi un peu (il rit) ; quelle figure ! Tu rêvais en noir, je crois ? Monsieur a-t-il des scrupules ? Oh ! je les respecte. Allons ! cher, bonsoir ! Je te laisse. Tu penses bien que je ne t'ai pas promis avec cette mine-là ? Mon bel ami, ton serviteur ! Il était temps, monsieur, que vous vous mariassiez. Vous étiez mûr ; vous alliez vous détacher tout seul de l'arbre du plaisir, et vous ne pouviez vous conserver que cueilli à temps pour le mariage.

LOUIS

Tais-toi, je ne suis pas d'humeur à rire de tes balivernes.

BERNARD prend une chaise au fond et revient se planter à califourchon près de Louis [1].

Mes balivernes. Oh ! Je te trouve plaisant ! Voyons ?

Il y a huit jours, tu viens troubler ma douce folie avec ton air d'affamé. Tu me demandes une part au gâteau ; tu ajoutes : « J'ai faim de bêtises, j'en veux faire, j'en veux entendre, j'en veux recommencer ! Ma femme est à Nice pour deux mois et je demande à perdre mon temps. » Je t'organise une fête digne de don Juan. Je fais tuer un sanglier pour ton retour, le veau étant passé de mode. On rouvre pour toi, par la neige, un restaurant du Bois. Cela me coûte les yeux de la tête ; car je ne trouve pas de belles trop

[1] LOUIS, BERNARD.

belles pour toi. Dans ces affaires-là, il faut bien en convenir, on ne s'amuse que pour son argent. Et voilà comme tu me reçois, le moment venu de jouir de tout cela ! (Il se lève et replace sa chaise, puis, tournant lentement derrière Louis, vient à la table prendre une cigarette [1].) Ne te souviens-tu pas, ô malheureux réduit à chasser sans permis ailleurs que sur les terres du mariage, que les volatiles braconnés sont à point en hiver, comme tous les gibiers de choix ? Du 15 janvier au 1er avril, il faut aimer les demi-dames, le jeu, les fins soupers, les fleurs de serre, les mauvais romans, tout ce qui est artificiel dans la vie.

LOUIS

Et, à partir d'avril ?

BERNARD passe devant Louis et va à droite [2].

Par les beaux jours, quand les fleurs fleurissent dans les jardins des vieux hôtels, dans les grands parcs, au bord de la mer, à la campagne, il faut aimer les femmes du monde. Celles-là seules savent être élégantes, vraies, naturelles dans la nature. Ce sont les belles de jour.

[1] BERNARD, LOUIS.
[2] LOUIS, BERNARD.

LOUIS, rêvant.

Et puis, brochant sur ces belles de jour et de nuit, il y a peut-être mieux que tout cela : l'amour dans le mariage !

BERNARD, éclatant.

Ah ! par exemple, c'est trop fort ! Tu es idiot avec tes grimaces à la Philémon ! Adieu ! que Baucis, à son tour, te soit fidèle ; et puisses-tu trouver dans la pratique des vertus domestiques...

LOUIS, qui s'est réveillé, se levant.

Tu as raison ! Cette nuit, la dernière que je doive passer avant de la revoir, j'ai le droit d'en faire ce que bon me semblera. Je me venge !

BERNARD

Comment ? Tu te venges ? De ta femme ?

LOUIS, avec accablement.

J'ai peur d'une... légèreté de Cécile.

BERNARD

Peur ! Peur ! Ce n'est qu'un mot, cela ; ce

n'est pas une raison. As-tu quelque preuve de cette... légèreté ?

LOUIS

Oui, deux lettres, l'une de ma mère, l'autre de Cécile. Ma mère me dit : « Tu as eu tort de laisser ta femme seule à Nice. Clouée à ma chaise longue, je n'ai pu la surveiller, et elle a commis une des fautes les plus graves qu'une femme puisse commettre. »

BERNARD, vivement.

Que dit ta femme ?

LOUIS

« J'éprouve loin de toi ce que tu éprouves auprès de moi : l'ennui. J'ai voulu y échapper, me distraire, et cela m'a perdue ! »

BERNARD

Perdue ! Elle a écrit cela ? Cette personne si réservée ! Mais, vous vous étiez donc rendu votre liberté ? (S'asseyant sur le canapé à droite.) Au bout d'une année de mariage, c'est assez Régence !

LOUIS

Non. (Venant s'asseoir à la droite de son ami.) Nous étions seulement tombés d'accord sur ce point qu'il fallait vivre deux ou trois mois l'un sans l'autre. Tu ne peux t'imaginer ce que c'est que d'être adoré d'une femme belle, intelligente, riche, qui n'a rien à désirer, qu'un amant dans son époux ! C'est un enfer ! Réaliser les rêves romanesques d'une jeune fille ! Subir la comparaison avec ses héros ! Les scènes de reproches, de larmes, de jalousie rétrospéctive pleuvent tout le jour. De même qu'une veuve compare entre eux ses maris, la jeune fille compare ceux qu'elle aurait pu épouser. « Celui-là m'eût aimée, peut-être ! » est l'éternel refrain. Puis, les attendrissements viennent, tournant sans cesse autour de la sempiternelle préoccupation. Ce que j'ai entendu de fois : « Dis-moi seulement que tu m'aimes ! Je ne demande que cela ! » — « Oui, je t'aime ! » — « Je vous ennuie ! » — « Mais non ! Je t'aime ! » — « Oh ! ne vous fâchez pas ! » — Cécile a beaucoup d'esprit malheureusement, et elle m'affole. Quand par hasard je trouvais ce fameux ton de l'amour, alors, c'étaient des cris de joie, des accès de tendresse, des folies qui me glaçaient par leur exagération !

BERNARD se lève[1].

Non ! Je te conseille de te plaindre ! Mais tout ceci ressemble singulièrement à ce que faisaient autrefois nos femmes illégitimes, avec cette différence que les légitimes sont sincères. Quoi ! Tu avais des scènes de jalousie, de passion, enfin une vie possible ? Pas ce calme plat, ces convenances, cette retenue, cet ennui raisonnable qui est ma terreur ! Aujourd'hui, mon cher, tout est changé. Ces demoiselles ne font plus de scènes, elles jouent à la dignité. Tandis que nos sœurs prennent des allures de cocodettes, nos maîtresses recherchent la distinction ! Avec tout cela, veux-tu mon avis ? Lâche-nous ce soir, et pars demain matin pour Nice. (Louis se lève.) Si ta femme a été un peu légère, pardonne, car tu allais la tromper, toi !

LOUIS

J'ai télégraphié à Cécile, qui arrive demain

[1] BERNARD, LOUIS.

matin, et je ne veux pas qu'elle me trouve chez moi ! (Il passe devant [1].)

BERNARD

Mais la voilà !

SCÈNE III

LES MÊMES, CÉCILE [2]

(Elle entre à gauche, elle est en costume de voyage, elle a l'air abattu, désolé. Elle salue Bernard, lui tend la main et s'approche de son mari.)

LOUIS, avec rudesse.

Comment êtes-vous ici ce soir, madame ? Je ne vous attendais que demain.

CÉCILE

Quand j'ai reçu votre télégramme, je partais. Je ne pouvais demeurer là-bas. Il fallait que je vous visse, que... Mais si M. Bernard venait vous chercher, je ne veux pas vous priver d'un plaisir. J'attendrai. C'est ma jalousie qui vous a

[1] Louis devant la table, BERNARD, CÉCILE.
[2] Louis, CÉCILE, BERNARD.

poussé à m'envoyer dans ce Nice maudit ! Je n'ai plus le droit de vous imposer mon mauvais caractère. (Elle tombe sur le fauteuil et pleure.)

LOUIS

Puisque vous le permettez, madame...

CÉCILE, à Bernard.

Il dine avec vous ?

BERNARD

Oui, nous devions passer la soirée ensemble; mais, avant votre arrivée, il m'avait déclaré que...

LOUIS, l'interrompant.

Non, non, j'avais accepté. Attends-moi un instant, et je reviens. (Il sort à gauche.)

SCÈNE IV

LES MÊMES, sauf LOUIS.
(Cécile dans le fauteuil, Bernard debout à sa gauche.)

BERNARD

Vous savez, madame, que je suis l'ami de votre

frère, votre ami ? Voulez-vous me permettre de
vous donner un conseil ? Ne laissez pas Louis
venir avec moi. Retenez-le. Vous êtes chérie plus
que vous ne croyez ; si rien d'irrémédiable n'est
entre vous, si vous aimez toujours votre mari,
vous pouvez être encore la plus heureuse des
femmes.

CÉCILE, accablée, se lève.

Impossible ! Le malheur est tombé sur moi
par ma faute.

BERNARD

Mais l'amour n'exclut pas l'habileté, madame.
L'affection de Louis, que vous avez cru perdre,
reprenez-la.

SCÈNE V

Les Mêmes, LOUIS entre et vient au milieu [1].

(Il est en habit. Il prend la main gantée de sa femme,
la baise froidement et va pour sortir.)

LOUIS, à Bernard.

Je suis à toi, cher ami.

[1] Cécile, Louis, Bernard.

CÉCILE, éclatant.

Louis! (Bernard s'échappe par la droite.)

SCÈNE VI

CÉCILE, LOUIS

CÉCILE, tenant la main de Louis.

Restez, je vous en conjure. Je ne pourrais attendre votre retour. Je deviendrais folle!

LOUIS, grave et triste.

De quelle façon avez-vous brisé un bonheur qui pouvait se retrouver! Vous m'avez écrit une lettre atroce, faite pour broyer le cœur d'un mari, pour torturer son honneur!

CÉCILE

Son honneur!

LOUIS

Je suis votre juge, madame. Vous vous êtes trahie. Accusez-vous! Qui dois-je chercher pour acquitter ma dette de vengeance? Allons! nommez-le!

CÉCILE passe devant lui et va s'asseoir sur le canapé [1].

L'égarement est impardonnable. J'accepte le châtiment. Vous reprendrez votre liberté.

LOUIS

Ah ! oui, un divorce ! Voilà qui remédie à tout. Serez-vous moins criminelle après ? En serai-je moins malheureux ? (Allant près d'elle.) Ah ! tenez ! vous avez été coupable dès le premier jour de notre mariage. Vous avez tout fait pour me lasser, pour me détourner de la tendresse. Quand je vous ai quittée, j'avais le vague espoir de vous retrouver plus raisonnable. Oui, j'espérais qu'alors nous pourrions être heureux. Votre absence déjà m'avait montré que je vous étais attaché par d'autres liens que ceux du mariage. Sans cette lettre, j'aurais couru là-bas vous surprendre, vous dire : « Cécile, nous étions fous tous deux. Veux-tu connaître la confiance, la paix dans la joie, le doux amour ? »

CÉCILE

Le voilà, ce mot, ce doux mot, que j'ai attendu

[1] Louis, Cécile.

en vain toute une année ! Pourquoi vient-il trop tard ?

LOUIS, allant à droite.

Adieu, madame.

CÉCILE, suppliante, se lève.

Louis, pardonne, c'est par amour que...

LOUIS, furieux.

Ah ! Taisez-vous ! ne blasphémez pas !

CÉCILE, se redressant.

Oui, par amour ! Je souffrais mille morts de votre absence. Chaque minute me paraissait un siècle. Je ne pouvais penser à vous sans me dire que vous me trompiez. Une jalousie épouvantable me torturait. Je cherchais des distractions folles. Ah ! vous ne comprenez pas la passion d'une femme qui adore son mari, qui ne peut avoir le remords de l'aimer trop, qui sait qu'elle ne devra ni ne pourra jamais en aimer un autre !

LOUIS

Madame, épargnez-moi l'ironie.

CÉCILE

Un matin, mon frère, me trouvant désolée, organisa pour moi une partie à Monaco, avec Hector Servant, Hébert...

LOUIS, dédaigneux.

Auxquels vous m'aviez fait l'honneur de me préférer. Je le sais, vous me l'avez assez dit.

CÉCILE

Après déjeuner, mon frère et Servant allant au tir aux pigeons, je demandai à Hébert de me conduire dans les salles du jeu. A peine étions-nous entrés qu'il devint tout autre avec moi, me parlant de sa passion de la roulette, des cartes, du plaisir extrême qu'il avait à se ruiner, de ces émotions terribles qui seules guérissent de l'amour. — « Je veux jouer ! » m'écriai-je affolée. « Mais je n'ai pas d'argent ! » — « Qu'importe ! j'en ai pour vous ! » Il me prenait le bras, m'entraînait. Je ne voyais, n'entendais rien que le bruit de l'or. Je jouai et j'ai perdu !

LOUIS

Et ?...

CÉCILE, cachant sa tête entre ses mains.

Et je dois depuis deux jours soixante mille francs à Hébert ! Je suis désespérée. Ma faute est impardonnable.

LOUIS, souriant.

Ce n'est pas une faute, madame, c'est une leçon, une leçon que je reçois ; et je ne la trouve pas payée trop cher.

CECILE, folle de joie, se jette dans les bras de son mari.

Ah ! Louis !

———

FLEURS PIQUÉES

LEVER DE RIDEAU

PERSONNAGES

RICHARD VILLARD, 21 ans.

VILLARD, père de Richard, 49 ans.

Mme VILLARD, 37 ans.

MARCELLE, fille de Mme Villard et belle-fille de Villard.

NICOLAS, jardinier.

LÉONTINE, femme de chambre.

——— — ———

*Le théâtre représente un jardin en terrasse à Nice en mai.
A gauche une élégante villa ; une tonnelle couverte de plantes
grimpantes occupe le fond de la scène et se découpe sur la
mer vue de loin ; au premier plan à gauche, près de la villa,
une véranda avec des bancs, des chaises, une table de
marbre au milieu. Sur cette table, une femme de chambre
apporte une grande corbeille garnie de mousse et des vases
pleins d'eau, petits et grands. Un jardinier pose des fleurs
de plusieurs espèces par petits paquets qu'il étale avec symétrie
sur la table et s'éloigne pour en chercher d'autres.*

FLEURS PIQUÉES

SCÈNE PREMIÈRE

MARCELLE, LÉONTINE

La jeune fille cueille avec difficulté, en se haussant, des fleurs à la tonnelle.

LÉONTINE

Les vases du salon et de la salle à manger sont là, mademoiselle.

MARCELLE, se retournant.

Il y a de l'eau dans tous, Léontine, la mousse de la corbeille est bien mouillée, n'est-ce pas ?

LÉONTINE

Oui, Mademoiselle, dois-je aider Mademoiselle à faire ses fleurs ou préparer son amazone ? il

13

est plus de neuf heures et si mademoiselle sort
à cheval...

MARCELLE

Préparez mon costume. (A Nicolas qui revient avec de
nouvelles fleurs.) Nicolas, posez ce que vous avez
dans les bras, et venez me cueillir quelques-unes
de ces fleurs de la passion. Je ne puis les atteindre
et il me les faut. Ma mère les préfère à toutes les
autres. C'est un emblème...

(Nicolas cueille quelques fleurs, Marcelle revient vers la table
suivie du jardinier qui aligne les dernières fleurs cueillies auprès
des autres.)

NICOLAS

Mademoiselle en a-t-elle assez ?

MARCELLE

Oui, mon bon Nicolas, allez maintenant préparer le gros bouquet, faites-le monumental,
c'est vous qui le présenterez à ma mère et moi
qui le lui offrirai avec un compliment. Soyez là
bien exactement à onze heures. Vos enfants, dès
que la voiture sera rentrée, tireront des pétards,
comme nous en sommes convenus.

(Elle commence à arranger ses fleurs.)

NICOLAS, ému.

L'an passé, mademoiselle Marcelle, à ce jour-ci, ma pauvre femme était là, bien vivante, qui vous aidait à piquer les fleurs dans le surtout. (Il essuie une larme.) J'ai bien du malheur.

MARCELLE, brusquement.

Ne me parlez pas du chagrin des veufs, cela finit toujours par un remariage.

NICOLAS

Mademoiselle, vous êtes dure pour moi, vous ne m'avez pas habituée à cela, vous étiez meilleure toute petite. Je n'ai pas mérité votre morale. J'étais trop attaché à ma pauvre défunte pour... (Il se trouble) aussi quand on a des enfants déjà grands... (Il s'embarrasse) Enfin je veux dire que ceux qui se remarient peuvent ne pas être fautifs quelquefois, comme aussi bien ceux qui ne se remarient pas, font à leur idée.

MARCELLE, sèchement.

C'est bien, Nicolas, laissez-moi. (Seule.) Cette

journée va être atroce. Elle ravive cruellement
ma douleur. J'ai beau me raisonner, me prêcher,
me condamner même, je souffre et rien, rien au
monde, ne peut apaiser ma désolation. Ah ! cette
fête de ma mère, autrefois ce qu'elle était pour
moi. Je songeais à la suivante, lorsque j'avais à
peine souhaité la dernière, et tout ce que ma
tendresse, mon adoration, mon culte pouvaient
inventer de surprises, je le préparais avec dévo-
tion, mais hélas ! à cette heure les souhaits de
M. Villard, mon beau-père, les vœux de M. Villard, ses regards, sa voix, son émotion, son
amour, cet amour dont elle s'enivre et que je
hais, tout cela lui est autrement doux, que mes
vœux, que mes souhaits, que mon émotion à
moi. Que suis-je pour ma mère depuis ce fatal
mariage ? Une gêne, un souci, une tristesse.
Elle sent bien sa cruauté à mon égard et plutôt que de me l'adoucir, elle m'en veut d'être
un remords pour elle. Elle cherche à me
reprendre le passé, oui, tout ce qu'elle m'a
donné de trop, elle voudrait le ressaisir pour
que je n'aie plus droit aux mêmes exigences ; si
elle le pouvait, elle m'arracherait le souvenir,
ma mère chérie, ma mère, ma mère. (Elle sanglote,

puis, après un instant de silence, elle essuie ses larmes et se remet à placer des fleurs dans les vases.) Comment aurais-je pu croire qu'à trente-sept ans, ma mère qui avait refusé, à cause de moi, plus de vingt demandes en mariage, accepterait tout à coup M. Villard. Pourquoi celui-là ? Elle m'avait aimée plus que les autres, elle m'a aimée moins que ce beau mari aux cheveux poivre et sel.

SCÈNE II

RICHARD, MARCELLE

Richard en habit de cheval, bottes, cravache à la main.

RICHARD, avec mauvaise humeur.

Comment Marcelle, vous n'êtes pas prête ? A quelle heure voulez-vous donc faire votre promenade. Il est neuf heures et demie, nous devons rejoindre à Beaulieu votre mère et mon père pour rentrer avec eux. Comment le pourrons-nous ? Croyez-vous que je sois fait pour subir vos fantaisies, être l'esclave de vos caprices ? Ne comptez pas sur ma complaisance, vous ne la trouveriez pas, car pour en faire provision pour

13.

votre maussade personne, non, cent fois non !
Voulez-vous me dire à quoi vous pensez, mademoiselle ?

MARCELLE

Oh ! pas à vous, ni à monsieur votre père, ni
à une promenade à cheval, par ordre, avec vous,
mon cher monsieur. Je pense à la fête de ma
mère que je souhaitais seule autrefois ; à ma
mère qui était à moi, bien à moi, rien qu'à moi
l'an dernier encore. Je pense à la sainte affection
que votre père m'a ravie, qu'il me dévore et
dont il me laisse à peine charitablement quelques
miettes.

RICHARD

Il n'a pas tenu à moi, qu'on ne vous la laisse
entière, votre maman, car je souffre autant de
mon abandon, sinon plus que vous, du vôtre !
N'avez-vous jamais songé que je pouvais aimer
mon père avec passion, moi aussi, et souffrir
autant que vous, Marcelle ? Le mariage de mon
père m'a torturé, il m'a broyé l'âme, il est une
infidélité criante à la mémoire de ma mère morte
il y a huit mois à peine et dont je porte encore

le deuil ! Ah ! tenez, vous ne pouvez soupçonner tout ce que le bonheur outrageant de votre mère soulève de rancune et de chagrin en moi.

MARCELLE, moins sèche.

Comment pouvez-vous faire pour être si parfaitement poli avec ma mère, si vous la haïssez à ce point ? Moi, je ne puis feindre avec votre père !

RICHARD, avec explosion.

C'est que j'adore mon père malgré tout, que je suis lâche, mais la morte aimée est là, toujours, qui me reproche ma faiblesse et j'ai à chaque instant l'envie folle de crier à votre mère qu'elle m'a volé une place sainte, volé, entendez-vous, volé !...

MARCELLE, s'approchant de Richard avec colère.

Vol pour vol, celui de votre père est plus coupable encore, ma mère n'a volé qu'une morte, votre père a volé une vivante, il m'a dépouillée, moi... et ne m'a rien laissé, rien !

RICHARD

Vous ne voyez que vous, dans votre malheur, vous n'avez que de la révolte et pas de pitié.

MARCELLE

Oh ! mon Dieu pourquoi sommes-nous ainsi, sacrifiés par ce double et maudit remariage ?

RICHARD

Votre mère est si belle encore, que mon père est amoureux comme un enfant !

MARCELLE

Votre père, hélas ! a si grand air, qu'il a été irrésistible.

RICHARD

Vous vous plaignez à tort, votre mère s'occupe encore un peu de vous, Marcelle, ne fût-ce que pour vous gronder, tandis qu'il semble que je sois complètement indifférent à mon père ; il me répond à tout par un perpétuel : « C'est parfait ! » Je ne compte plus dans sa vie, je me le dis cent fois le jour et je devrais avoir le courage de m'éloigner de cette maison. Je suis certain qu'il accueillerait mon départ avec joie ! Depuis hier je suis majeur, et je lui signifierai ce soir que je le quitte.

MARCELLE

Savez-vous que moi, j'ai songé à me faire religieuse, mais le désespoir n'est pas une vocation.

RICHARD, brusquement.

Voyons, cette promenade, il faut la faire, Marcelle, nos chevaux sont prêts ! (Il se tourne à droite.) Les entendez-vous qui piétinent, hâtez-vous, je vous en conjure, nos parents doivent nous attendre et nous serons grondés tous deux avec dureté !

MARCELLE, achevant sa corbeille.

Grondée pour désobéir, grondée pour obéir, que m'importe ! Je suis lasse à la fin de ne savoir que déplaire ! Arriver toujours trop tôt, mal à propos, sentir à chaque instant la lassitude qu'on impose, ne provoquer que l'impatience, irriter par la tendresse, révolter par les reproches, s'entendre dire qu'on est déraisonnable parce qu'on aime, qu'on boude parce qu'on se domine, qu'on est dramatique parce qu'on pleure !... Je n'en puis plus ! Je n'en puis plus ! J'en meurs...

Non ! je ne la ferai pas votre promenade à cheval. Vous rappelez-vous l'autre jour à Ezza lorsque nous sommes arrivés un quart d'heure trop
tôt au rendez-vous qu'on nous avait donné, le
ton avec lequel ma mère m'a dit que l'inexacti-
tude était plus déplaisante par l'avance que par
le retard. Elle conduisait elle-même le minuscule
panier où ils ne peuvent tenir qu'à deux. Rieuse
au moment de notre arrivée, elle a fait aussitôt
galoper son cheval avec mauvaise humeur. J'ai
entendu le soir au jardin, votre père, dire à ma
mère : « Chère adorée, enfin, nous sommes un
instant seuls. »

RICHARD

Ah ! oui, seuls, c'est leur rêve ! Eh bien ! lais-
sons-les seuls aujourd'hui, et quand je pense que
je pouvais achever une esquisse charmante, com-
mencée dès l'aurore, que j'avais mon effet com-
plet dans la lumière du matin et que j'ai quitté
mon petit chef-d'œuvre pour venir me mettre à
votre dispositon, à la minute convenue; que j'ai
planté là mes fleurs, mon ciel, des tons en mer-
veilleux accord ; jamais je ne les retrouverai peut-
être. (Il s'approche.) Savez-vous, Marcelle, que vous

composez vos bouquets en artiste ; tenez, voilà des roses safran et des fleurs qui se marient délicieusement. Un peu hardi, dans l'ensemble ; pourtant avec la lumière verdâtre qui nous vient de la tonnelle... C'est à désirer peindre ce vase où les tons d'azur et d'or de vos fleurs se répètent.

MARCELLE

Oui, et j'en ai cherché l'effet, mais voyez ma corbeille pour la table, comme elle est peu réussie ; il faudrait je ne sais quoi. Des roses rouges et des tubéreuses ensemble ont un ton trop crû, n'est-ce pas ?

RICHARD

Attendez ! (Il s'éloigne un peu.) Je crois qu'il y faudrait tout simplement une herbe verte très fine ou un feuillage délicat. J'ai une idée. (Il va vers un arbre et cueille quelques feuillages qu'il pique dans la corbeille.) Voyez-vous ?

MARCELLE

Mais oui, c'est cela ! (Elle tourne autour et ajoute les petites branches, qu'il lui présente brin à brin.) Encore quelques-unes, Richard !

RICHARD

Je vais les prendre !

MARCELLE

Vous êtes gentil, voilà qui est parfait ; alors votre pauvre esquisse, j'en ai arrêté court l'inspiration. Allez donc me la chercher, je peins aussi un peu. Je désire trouver l'occasion de vous faire un compliment et de vous donner un conseil en échange des vôtres pour mes vases !

RICHARD

Mon père appelle mes petits tableaux des horreurs, et je me demande si j'ose affronter vos critiques.

MARCELLE

Allez vite, cela m'amusera. Je ne suis ni une sotte, ni une flatteuse ; si je vous donne mon avis, je le donnerai bon, vous verrez.

(Richard sort.)

SCÈNE III

MARCELLE, seule.

Comme il ressemble à son père. Il a sa distinction, son charme, sa séduction. Lui aussi, il séduira, lui aussi emportera les cœurs d'assaut, rien qu'en paraissant. Et puis on répète autour de moi qu'il est bon, généreux. Il est sensible puisqu'il souffre autant que moi, il est tendre, puisqu'il regrette d'être moins aimé. Pauvre garçon, je le trouve presque aussi à plaindre que moi.

SCÈNE IV

RICHARD, MARCELLE

Richard revenant avec son esquisse, la présente à Marcelle.

MARCELLE

Mais que c'est joli. Je reconnais l'endroit, le coin des bruyères blanches, près des orangers et du banc de pierre... Je l'ai dessiné moi-même, ce

14

coin, il est tout composé, bien circonscrit, au premier plan, avec des lointains bleus, vers lesquels l'âme voudrait s'envoler. Je vous montrerai mon dessin. Quelle chose étonnante que nous ayons vu de la même manière, le même lieu...

RICHARD, songeur.

Est-ce que, par hasard, nous pourrions avoir des goûts semblables ? Il y a là une coïncidence curieuse.

MARCELLE réfléchissant.

La destinée ne nous a-t-elle pas fait un sort identique ? Elle nous rapproche à cette heure. En nous interrogeant, qui sait si nous ne découvririons pas ses desseins ? Peut-être devons-nous associer nos griefs pour punir ceux qui préfèrent jalousement leur bonheur, à celui de leurs enfants. Voulez-vous que nous posions les bases d'une union où nous pourrions puiser quelque force ?

RICHARD se rapproche de Marcelle, et tous deux s'assoient sur un banc.

Oui, mais à la condition que nos plans aboutissent à un départ ; je suis à bout.

MARCELLE

Voilà mon plan, vous me direz le vôtre ensuite,
Nous partons demain tous deux par le rapide.
Vous me conduisez chez ma grand'mère, à Paris.
Nous laissons un mot, vous à votre père, moi à
ma mère, mot écrit dans le même sens, quelque
chose comme ceci : « Désespérés de la perte de
la tendresse de nos parents, nous les laissons à
un amour qui les absorbe et les rend cruels vis-
à-vis de tout ce qui n'est pas leur bonheur
égoïste. » Ils comprendront alors quelle a été
leur férocité en nous faisant les témoins de leur
folie ; c'eût été charité de leur part de nous
éloigner ; leur lune de miel a été pour nous un
cercle de l'enfer...

RICHARD

Mon plan sera le vôtre, Marcelle. Je prépare-
rai tout pour notre fuite. Justement nos parents
font demain une partie à Monaco avec les Durieu.
Nous pouvons aisément trouver un prétexte pour
ne pas les accompagner. Je pense comme vous
Marcelle, nous sommes de trop, pour longtemps encore, dans la vie de votre mère et de

mon père ; nous les abandonnerons comme ils nous ont abandonnés. Vous irez chez votre grand'mère et j'irai chez l'une des miennes dans le Nord.

MARCELLE

Croiriez-vous que je souffre moins depuis que je sens ma souffrance comprise ? D'abord je ne vous en veux plus du tout, à vous, Richard ; il me semble même que plus tard nous pourrons devenir amis.

RICHARD

Déjà nous le sommes, puisque nous avons des peines communes, des projets communs ; donnez-moi votre main, Marcelle. (Il la baise.) Voilà notre pacte scellé. Au lieu de nous haïr, pourquoi n'avons-nous pas songé plus tôt à nous consoler mutuellement, nous aurions trouvé quelque douceur dans la pensée que nous étions soumis à la même épreuve. Déshérités des mêmes tendresses, à deux nous aurions essayé de nous expliquer cet amour vainqueur, qu'il nous sera peut-être un jour donné d'éprouver à notre tour avec le même emportement, le même exclusivisme.

MARCELLE, violemment.

Jamais je n'éprouverai cette abominable passion, qui fait sacrifier en un jour des enfants adorés, à l'étranger d'hier, au maître de demain...

RICHARD

Ne jurons de rien, Marcelle, voyez tout à l'heure, nous nous haïssions. Depuis deux mois, haque fois qu'une exigence de nos parents nous plaçait seuls en face l'un de l'autre, il nous semblait à chacun voir notre malheur s'accroître et notre destinée devenir subitement plus insupportable ; maintenant, si vous éprouvez ce que j'éprouve, mon amie, il me semble qu'une sorte d'apaisement souffle autour de nous comme une brise caressante. Je voudrais que vous fussiez ma sœur.

MARCELLE

Ah ! le doux nom ! oui, moi aussi, Richard, il me semble que j'aimerais à vous avoir pour frère. Demain, dans notre voyage, si vous le voulez, nous nous donnerons le doux nom de frère et de sœur.

4.

RICHARD

En m'annonçant son mariage, mon père m'avait dit : « Pardonne-moi de remplacer ta mère si tôt, mon enfant, mais j'aime éperdûment et je ne suis plus le maître de dominer mon avidité de bonheur. Je te donnerai une autre mère, belle et bonne, et en même temps la plus ravissante des sœurs. »

MARCELLE, sèchement.

Votre père me trouvait ravissante, en vérité je lui rends grâce, j'imagine qu'il a bien changé d'opinion depuis.

RICHARD

Non, car chaque fois qu'il me parle un peu intimement, ce qui est rare, il s'étonne de ne pas me voir plus lié avec vous. « A ta place je la chérirais, me dit-il un jour, elle ressemble tant à sa mère ! »

MARCELLE

Comment, il ne me déteste pas ?

RICHARD

Vous le voyez.

MARCELLE

C'est étrange, ma mère ne vous déteste pas non plus. Elle me répète sans cesse que je devrais être heureuse d'avoir auprès de moi un charmant camarade, un ami, un frère.

RICHARD

Vraiment ?

MARCELLE

Je vous l'assure ; ainsi, nous voilà bien autorisés à nous croire frère et sœur avant notre grand voyage de demain.

RICHARD

Et si nous ne partions pas, si nous essayons un peu des consolations de notre amitié ?

MARCELLE

Ah ! vous voilà déjà prêt à manquer à vos engagements.

RICHARD

Non ! je m'interroge sincèrement et je me demande si nous ne pourrions pas tenter un dernier appel à l'amour de nos adorés parents. Désarmons les premiers, oublions nos griefs, délivrons-les de notre attitude hostile, prouvons-leur tout d'abord que notre inimitié fait place à de l'attrait. Lorsqu'ils verront que la jalousie farouche de leur bonheur a fui de nos âmes et cessé de nous assombrir, peut-être seront-ils attendris par nos efforts. Ouvrons-leur nos bras pour qu'ils nous rouvrent les leurs. Qui sait si nous ne les avons pas découragés ? Ils avaient le droit d'être heureux, comme nous l'aurons nous-même un jour. Nous aussi nous les quitterons, Marcelle. Voulant tout garder de leur amour, nous avons perdu ce qu'ils pouvaient encore nous donner. Croyez-vous que si vous ou moi nous étions allés dire à nos parents avant leur mariage : « J'aime, et qui j'aime veut me séparer de vous, consentez pour mon bonheur à ce que je vous quitte », mon père, Marcelle, j'en réponds, n'eût pas hésité à me faire, sans reproche, le sacrifice de ses joies paternelles.

MARCELLE

Je crois que ma mère eût, elle aussi, fait le
même effort, car elle m'a souvent répété autrefois que mon bonheur lui était plus cher que le
sien. C'est pourquoi je lui en veux de m'avoir
trompée.

RICHARD

J'y songe, si ce n'étaient pas nos parents qui
sont coupables d'aimer, si c'était nous qui le
sommes de ne pas aimer encore ?

SCÈNE V

LES MÊMES, NICOLAS, LÉONTINE

Nicolas, avec un énorme bouquet, entre par la droite.
Léontine vient par la gauche prendre les vases.

NICOLAS

Mademoiselle Marcelle, Monsieur et Madame
débouchent sur la route de Cimier; ils seront là
dans dix minutes, vite, vite.

MARCELLE

Nicolas, donnez-moi votre bouquet. Richard prenez-le ; c'est la main dans la main que nous souhaiterons à ma mère sa fête. Votre père vous saura gré, je le crois, de vos vœux, et ma mère trouvera les miens plus doux associés à ceux du fils de celui qu'elle adore.

LÉONTINE, à Nicolas, montrant les deux jeunes gens.

Les chers enfants, s'ils pouvaient se convenir, voilà qui arrangerait les choses.

SCÈNE VI

Les Mêmes, MONSIEUR et MADAME VILLARD

Les deux jeunes gens portent l'énorme bouquet sur leurs bras unis, Monsieur et Madame Villard chuchotent en souriant avec bonheur et s'approchent.

RICHARD

Je crois, Madame, pouvoir me permettre de faire avec Marcelle des vœux pour votre bonheur.

(Marcelle et Richard déposent le bouquet en se courbant aux pieds de Madame Villard.)

MONSIEUR VILLARD attirant son fils à lui.

Richard ! mon fils bien aimé.

MADAME VILLARD, serrant Marcelle sur son cœur.

Ma chérie, tu ne pouvais me causer une plus grande joie que celle d'unir tes vœux à ceux de Richard.

MONSIEUR VILLARD

Chers, chers enfants, soyez bénis. Pardonnez, Marcelle, à celui qui vous a pris un peu de l'amour de votre mère, mais qui réclame la faveur de vous le rendre au centuple.

MADAME VILLARD

Pardonnez, Richard, et laissez-moi vous aimer maternellement de tendresse profonde.

RICHARD, joyeux, serrant la main de Marcelle, à part.

Qui sait si leur bonheur ne peut pas contenir le nôtre ?

———

GALATÉE

DRAME GREC PAR BASILIADIS

Adapté à la scène française, en cinq tableaux, d'après la traduction de M. le baron d'Estournelles de Constant.

PERSONNAGES

PYGMALION, roi de Cypre.
RENNOS, son frère cadet.
GALATÉE.
EUMÈLE, prêtre d'Apollon.
LIRIOS, serviteur de Pygmalion.

GALATÉE

PREMIER TABLEAU

---

*Le théâtre représente une salle du palais de Pygmalion dans
l'île de Cypre. Au fond, à travers les colonnes du péristyle,
on découvre la mer et une vue de montagne. A droite sur un
socle élevé de trois degré, la statue de Galatée, drapée et voi-
lée. Un rideau mobile la cache. Table à droite, un cratère et
une amphore remplie d'eau. Un siège, à côté de la table, qui
est au premier plan, à gauche, un lit de repos. Même décor,
durant les cinq tableaux.*

SCÈNE PREMIÈRE

LA STATUE, PYGMALION, EUMÈLE.

PYGMALION, debout soulevant de la main gauche, le rideau
et laissant voir la statue.

Eumèle, est-il vrai que les Dieux puissent
convoiter le sort des hommes et envier leur
mal le plus cruel !... l'amour ?

(Il laisse retomber le rideau.)

EUMÉLE

Les choses vont en leur cours, des Dieux à l'homme et de l'homme aux Dieux... Que fais-tu, roi, sinon de désirer une amour divine, présent des immortels ? Un Dieu seul peut animer le marbre que tu adores. N'y a-t-il, ô Pygmalion, dans l'île que tu gouvernes, ni une femme ni une vierge, dignes des feux dont tu enveloppes la froide Galatée ?

PYGMALION, marchant.

Les Cypriotes, vouées au culte de Vénus, ont tous les vices de la chair, toutes les faiblesses de leur nature mortelle. Nées sans chasteté, instruites sans pudeur, elles ne peuvent grandir dans la vertu. Fasse Apollon que je connaisse la joie divine de posséder une créature, hier statue, femme aujourd'hui !... (Avec éclat.) Nulle souffrance n'est égale à ma souffrance. Je vis pour ce qui est inanimé, je brûle pour ce qui est glacé ! (Se rapprochant du prêtre.) Eumèle va vers le Dieu brillant qui fait renaître la lumière dans les âmes assombries, va et invoque pour ton roi la puissance secourable du Pythien.

EUMÉLE

Pygmalion, Eumèle obéirait, mais le prêtre refuse de joindre ses supplications à tes prières sacrilèges. Si la vertu a fui de l'île Cypriote, le devoir de son roi est de l'y rappeler... Mais, je connais les mœurs de tes peuples mieux que toi-même. Il y a encore des vierges, il y a encore des épouses, il y a encore des mères, il y a encore des sœurs!

PYGMALION

Non! Parmi les femmes de Cypre, je ne vois que des courtisanes. Vénus les a dépouillées de toute pudeur, et si couvertes qu'elles soient par les lourdes draperies des vêtements, leur démarche, leur audace me les font paraître nues. Tandis que ma Galatée, sous ses voiles légers, ne m'inspire que la pensée pure de l'adoration.

EUMÉLE

Tu fais injure aux immortels en idolâtrant l'ouvrage des hommes.

PYGMALION, passionnément.

Ce sont les Immortels que j'adore en Galatée ! Qui donc préside aux inspirations de l'art quand les hommes fixent le Beau, si ce n'est Apollon lui-même ? Eumèle, supplie le Dieu resplendissant, et obtiens qu'il réchauffe ce marbre dans mes bras.

EUMÈLE

Une telle impiété me révolte !... Si le Pythien exauçait ton vœu sacrilège, si Galatée se penchait tout à coup vivante vers toi, l'ombre de la prochaine nuit la ferait semblable aux femmes que tu méprises, et l'aurore du prochain jour dissiperait comme une vapeur le charme de ton rêve insensé.

PYGMALION

Eumèle, c'est toi qui es l'impie !... Les Dieux connaissent la passion, eux-mêmes l'éprouvent et ils savent que l'amour ne s'envole pas du soir au matin... Moi, ne plus aimer Galatée ! si demain elle naissait avec l'âge d'une femme et le cœur d'un enfant, si elle se nourrissait à mes lèvres de mes seules paroles, si j'étais à la fois son amant, son père et son époux, si mes yeux la contemplaient frémissante, tandis que mon esprit la verrait encore dans le rêve idéal, ce serait pour un poète, pour un roi, pour un homme, être Dieu!...

(Il passe et se dirige vers la statue.)

EUMÈLE, indigné.

Tu tentes la vengeance d'Apollon ! La vie est perfide, prends garde ! La pure lumière, quand elle devient lampe, donne une flamme qui fume et qui noircit... Mortel imprudent, crois-tu donc être aimé par ta Galatée de marbre ? Est-ce toi qu'en naissant elle préférerait aux autres hommes ? Les vierges ne choisissent pas toujours en leur cœur, celui que lentement on les prépare à suivre aux fêtes de l'hyménée ; aurais-tu foi dans un amour né subitement, sans connaissance dans une âme ignorante, sans réflexion, dans un esprit irréfléchi ? Galatée ne pourrait-elle comme Athénée, ou comme Artémis vivre avec la haine des hommes ? Je n'entrevois que menaces de malheurs attirés par toi-même, si les Dieux cédaient à ton aveugle désir. Songe à ta douleur, ô roi, si la femme, devenant plus désirable, devait être plus insensible et plus froide que la statue !

PYGMALION

Comment Galatée ne m'aimerait-elle pas, moi qui lui aurais donné l'être?... sa reconnaissance serait mon droit à son amour. Formée par moi, pour moi, quels sentiments, quels désirs pourrait-elle avoir autres que les miens?...

EUMÉLE

Sais-tu, Pygmalion, si les Immortels ne doteraient pas ta Galatée, comme Pandore, de l'action malfaisante? Apollon, Jupiter même, lorsqu'ils ont des faiblesses pour les hommes, ne contreviennent pas sans dangers aux lois écrites du destin. (Avec autorité.) Ce qui naît ressemble à ce qui l'a conçu : le fils au père, l'homme à la race, les peuples à leurs ancêtres. La statue de Galatée peut prendre, par la volonté des Dieux, les apparences de la vie, mais, Galatée femme, serait funeste ! Son âme n'étant point née des hommes, mais étant née du marbre, en conserverait la dureté !

(Il sort.)

SCÈNE II

LES MÊMES, sauf EUMÈLE

(Pygmalion tombe assis sur le lit de repos.)

PYGMALION, à la statue cachée.

Toi qui inspires la passion, ô Galatée froide,
aime à ton tour. Mon cœur s'agite en des bat-
tements désordonnés. Que ton sein délicat se
soulève. Ton silence est plus cruel que les rugis-
sements des fauves d'Hyrcanie... Parle, je t'en
conjure, marbre sans voix?... (Il va vers la statue.)
Reçois mon souffle, si tu dois en vivre. Ah !
que je t'entende, fût-ce pour me dire : « Meurs
sacrilège ! » (Il redescend.) Orphée, je t'invoque !...
ma langue est sans mélodie, inspire-moi la mu-
sique de tes chants... le rythme de tes vers, la
puissance des hymnes qui amollissent les pierres,
qui émeuvent les rochers, qui animent le marbre.
Galatée, que ta bouche divine s'entr'ouvre pour
sourire ; fais un geste, ô marbre, respire !...
(Il écarte le rideau qui demeure soulevé, et découvre la statue.)
Rien ! rien ! Dieux égoïstes, vous repoussez ma

prière !... Vous êtes plus durs que le marbre,
puisque vous, Dieux puissants, vous m'entendez !
Soyez maudits !

(Il revient vers le lit de repos.)

LA STATUE

Silence ! l'Olympe se venge !

PYGMALION, se retournant.

Est-ce sa voix ?... j'ai entendu une menace
douce comme le son d'une lyre. (Écoutant au sein de
la statue.) Pierre !... pierre !... mais tu as parlé, tu
as dit : « Les Dieux se vengent. » Non, c'est
moi seul que j'écoute ! Puisque les immortels te
laissent insensible à mon désespoir, ô marbre
impitoyable, je veux attirer leur vengeance par
mes imprécations !

(Il descend à droite.)

SCÈNE III

LES MÊMES, LIRIOS

LIRIOS, entrant à droite.

Seigneur, un homme inconnu viens d'entrer
au palais. Il apporte un message... Le voici.

PYGMALION prend le message et lit.

« Dans quelques heures, le naufragé qui a mesuré les abîmes de l'Océan, celui que tu as injustement chassé du foyer paternel, ton frère Rennos te reverra. Il sait que, regrettant ta jalousie, qu'ayant répudié tes soupçons, tu désires son retour. Il revient et pardonne. » (Avec éclat.) Mon frère Rennos !... La joie brillante perce les ténèbres de mon âme comme un éclair sillonne un ciel d'orage. O Dieux, Rennos pardonne !... Je doutais de votre générosité et vous me rendez mon frère ! (A Lirios.) Qu'on prépare au messager un festin royal un doux bain, qu'on parfume sa couche et qu'il soit comblé de présents. Dès que Rennos posera le pied sur le seuil de ce palais, amenez-moi Rennos.

(Lirios sort au fond.)

SCÈNE IV

LA STATUE, PYGMALION

PYGMALION

Amenez-moi Rennos ! Viens, mon frère, que je trouve sur tes lèvres chaudes le baiser que tu

me refuses, Galatée. Il faut qu'un amour fraternel, béni par les Dieux protecteurs du foyer,
chasse ma passion maudite pour une statue!
(Il revient à Galatée.) Ma douleur n'a pu te toucher,
marbre cruel, que ma joie brûle tes yeux glacés!

(Soudain la statue s'anime; d'abord de la main droite elle soulève les plis de son manteau, puis elle lève le bras dans un mouvement très gracieux, très lent, de la tête, du bras arrondi et des
hanches. Après avoir rejeté le voile blanc qui couvre ses cheveux,
elle descend automatiquement les degrés de son socle.)

PYGMALION, se reculant à gauche.

O Dieux!... est-il vrai ?...

GALATÉE, avec effort, marchant.

Je respire, je marche, j'existe!... (Elle fait encore
trois pas, déjà moins automatique, mais elle ne doit pas voir
Pygmalion qui est agenouillé et duquel cependant elle se rapproche.) Le marbre me glace encore, ou bien la
vie est froide et lourde à porter...

PYGMALION, toujours à genoux.

L'amour, ô ma divine (Galatée écoute sans tourner
la tête), allège la vie, la réchauffe (il lui prend la main),
la brûle!

(Elle le voit, il se lève en disant : « la brûle », il la presse
sur son cœur.)

DEUXIÈME TABLEAU

Même décor. Le socle de la statue est vide et la draperie reste soulevée.

SCÈNE PREMIÈRE

PYGMALION, RENNOS assis à gauche sur le lit de repos, dans l'attitude d'un homme qui rêve.

PYGMALION, arrivant à droite.

Dis-moi, Rennos, toi qui as cherché dans les combats la paix de l'âme, l'as-tu trouvée ?

RENNOS

Non, j'ignore si la mort est un repos, mais je sais que l'existence est une longue torture ; je n'y ai trouvé que le chagrin. En face du soleil, les arbres, les colonnes, les montagnes, tout ce qui est debout projette une ombre. L'âme de

l'homme, quand elle est haute, ne découvre au-
dessous d'elle qu'obscurité. (Galatée paraît à gauche.)
Mais laissons un moment ces soucis d'Égyptiens,
voici Galatée.

PYGMALION, à Galatée qui s'avance.

En face de cette aurore, quelles sombres ré-
flexions ne se dissiperaient.

SCÈNE II

Les Mêmes, GALATÉE

GALATÉE, entre, passe indifférente auprès de Pygmalion
qui lui prend la main, souriant à Rennos.

Que conte Rennos ?... Est-ce l'histoire des
sirènes vaincues par Orphée ou le récit com-
mencé de l'expédition des Argonautes ?

PYGMALION, avec amour.

Il dit que dans aucun des pays du monde
côtoyés par l'Argo, il n'a vu la beauté de ton
visage.

RENNOS

C'est vrai, la magicienne Médée elle-même n'avait point la grâce de ta démarche, ni les sirènes la mélodie de ta voix.

GALATÉE, s'asseyant auprès de Rennos comme une enfant curieuse.

Médée, parle-moi de Médée.

RENNOS, d'un ton dont on conte une histoire à un enfant.

Elle sauva les Argonautes, en favorisant par amour pour Junon, l'enlèvement de la toison d'or. Sa cruauté égalait ses charmes et je t'apprendrai, reine, comment elle immola son propre frère à l'amour de Junon.

GALATÉE

Qu'est-ce que l'affection d'un frère, auprès de l'amour ?

PYGMALION, se penchant vers Galatée.

Oh, divine, crains d'attrister Rennos en m'énivrant de bonheur.

GALATÉE, inconsciemment cruelle.

Je n'ai dit ces paroles ni pour attrister Rennos,
ni pour réjouir Pygmalion. Elles me sont venues
à l'esprit et je n'ai pu les chasser.

SCÈNE III

LES MÊMES, EUMÈLE, entrant par le fond.

EUMÈLE

Les Dieux protègent le roi! Pygmalion, la
ville déplore de grands malheurs. Des pirates
Crétois, débarqués à quelques lieues seulement
de ton palais, ravagent tes maisons, pillent les
temples et massacrent ton peuple. Debout !...
Cypre réclame son Roi, non seulement comme
un chef, mais comme un sauveur.

RENNOS, qui s'est levé au moment où Eumèle dit :
« des pirates débarqués ».

Je rends grâces aux Dieux qui m'envoient
l'espoir de combattre pour le peuple de Cypre et
pour le foyer paternel... Prendre ses armes est

la joie d'un guerrier! De l'inaction naissent la
faiblesse et l'envie.

PYGMALION, suivant à la hâte le prêtre qui sort.

Le danger, Eumèle, est-il donc si proche?

(Rennos veut suivre Pygmalion et Eumèle qui sortent à droite.
Il passe devant Galatée.)

GALATÉE, l'arrêtant.

Toi, reste!...

SCÈNE IV

GALATÉE, RENNOS

RENNOS

Qu'as-tu, Galatée?... Tu crains les ravages
des Crétois?...

GALATÉE

Non!

RENNOS

Tu souffres de l'inquiétude du Roi?

16.

GALATÉE, prenant la main de Rennos.

Non !...

RENNOS

Tu pleures ! Je voudrais apaiser ton chagrin.

(Il s'appuie sur le dossier du lit de repos et se penche vers Galatée.)

GALATÉE, appuyant la tête sur le bras droit de Rennos et l'attirant à la hauteur de ses lèvres. Avec amour :

Rennos, pourquoi m'as-tu redit les chants d'Orphée ? La mélodie des hymnes célestes demeure sur tes lèvres, et fait de chacun des mots que tu prononces, une parole divine.

RENNOS, se dégageant, d'abord indécis, puis, tout à coup.

Adieu, Galatée !...

SCÈNE V

GALATÉE, seule. (Elle s'est levée vivement lorsqu'il part, puis elle s'avance vers le fond, et le suit longuement des yeux.)

M'aime-t-il ?... Oui ! (Elle redescend.) Que rien dans mes pensées ne me dise le contraire, ou je meurs ! (Elle vient se rasseoir sur le lit de repos.) S'il m'a-

vait quittée pour aller combattre les sauvages
Crétois ?... S'il allait, en combattant, être blessé ?

SCÈNE VI

GALATÉE, PYGMALION, qui entre précipitamment à droite.

PYGMALION

Tu es ici, Galatée ?... J'ai besoin de ta présence pour me consoler du brusque départ de
Rennos.

GALATÉE, se levant avec brusquerie.

Pourquoi l'avoir laissé partir ?

PYGMALION

Je n'ai pu calmer son emportement !... Juges-
en toi-même : Je venais de confier à mes plus
vaillants capitaines le soin de protéger la ville et
de repousser la nouvelle incursion des barbares,
quand Rennos paraissant tout à coup s'est écrié :
« L'Argonaute vous accompagne... En vain me
suis-je opposé à son projet, répétant que le frère
du roi ne pouvait marcher contre des pirates. Le

héros a montré une persistance furieuse, et quand je lui ai parlé de ma douleur... de la tienne, il m'a serré dans ses bras avec une telle violence que je n'ai pu lui résister... Alors, s'élançant sur le cheval d'un des gardes, il est parti comme s'il se ruait sur l'ennemi !

GALATÉE

Ainsi, l'illustre Argonaute est exposé à tomber sous le fer d'un misérable barbare... Mais c'est horrible, Pygmalion. Tu ne dois pas laisser se commettre un tel crime...

PYGMALION

Rassure-toi, ma bien-aimée, Rennos a vécu au milieu des combats, il en connaît les ruses et saura en traverser les dangers. Il est brave.

GALATÉE, avec éclat.

Sa bravoure même va le livrer !... Sauve ton frère, Pygmalion, ou bien... (Elle détourne la tête.)

PYGMALION

Sais-tu s'il tient à la vie ? Son amour des périls, après toutes les épreuves qu'il a subies, me fait croire qu'un mal cuisant le dévore, et qu'il redoute sa souffrance, plus que des blessures et plus que la mort, peut-être !.

GALATÉE

C'est à toi, c'est à nous, s'il l'a perdue, de lui rendre l'espérance du bonheur.

PYGMALION

Je veux te confier la pensée que j'avais en entrant. Mais, promets-moi, Galatée, de ne pas verser une larme, de ne pas jeter un cri, ta faiblesse me rendrait faible.

GALATÉE

Je serai muette et froide comme la Galatée de marbre.

PYGMALION

J'hésite, j'ai peur de ton chagrin... Ne t'afflige pas ! (Galatée fait des signes d'ennui.) Mon devoir est de rejoindre mon frère, de partager ses dangers. Tu ne me réponds pas ?... Faut-il que je renonce à mon devoir ?

GALATÉE

Pars et revenez tous deux triomphants!...
Galatée n'aura en votre absence qu'un désir :
vous revoir !

PYGMALION

Prends l'épée royale et attache la toi-même
au côté de Pygmalion! (Galatée va détacher l'épée qu'elle
attache au côté du Roi.) Je pars... que tes vœux m'ac-
compagnent !

(Il sort.)

GALATÉE

Les Dieux sauvent Rennos !

———

TROISIÈME TABLEAU

Même décor.

SCÈNE PREMIÈRE

GALATÉE, seule, assise à gauche la tête tournée vers l'entrée de droite. Entre un homme drapé dans un manteau qui lui enveloppe la tête.

GALATÈE

Qui es-tu?

L'HOMME, d'une voix sourde.

Un messager du camp !

GALATEE

Les chefs vivent-ils?

L'HOMME

Rennos combat, Pygmalion commande.

GALATÉE

Pygmalion est le roi, Rennos est le héros !...
Tu as tout dit ?

L'HOMME

Écoute-moi, Reine ; je suis l'envoyé de Rennos et chargé par lui de faire à Galatée cette simple demande : « Veux-tu que Rennos vive ou qu'il meure ? »

GALATÉE se lève, l'homme avance et la reine se trouve
derrière lui.

Je veux qu'il vive !... (S'approchant de l'homme.) N'a-t-il rien ajouté ? Tu gardes le silence !... Retourne au camp. Ce soir, à l'heure où luit l'astre de Diane, déesse à la fois insensible et favorable à l'amour, attire le frère de Pygmalion hors des tentes... au bord de la mer... Que la muse alors inspire ta voix pour charmer l'Argonaute et chante à la manière des Phrygiens, ces mots cent fois répétés : « Rennos, elle t'aime !!! »

L'HOMME jetant son manteau, et découvrant Rennos.

Galatée !...

SCÈNE II

GALATÉE, RENNOS

GALATÉE

Rennos !... Rennos !... Donne-moi tes yeux qui me brûlent ! j'en veux boire la flamme !

(Elle lui prend la tête et l'embrasse avec passion.)

RENNOS, luttant, il a passé à droite.

Quel horrible meurtre ai-je commis, pour trembler ainsi ?

GALATÉE, s'éloignant, avec irritation.

L'Argonaute me fuit ! Oh ! dieux ! donnez-moi l'art de la magicienne qui enchanta Jason... Rennos, tu ne m'aimes pas !

RENNOS

Je t'aime, et mon esprit furieux s'échappe de ma tête. Ton baiser a fait de moi un voleur. Pygmalion est dans mon sang, dans ma poitrine, il assiste en moi à ma trahison. Si je ne t'aimais

pas comme un tigre ensorcelé, je te tuerais ! Si
je n'adorais pas l'existence dans l'espoir de
vivre un jour avec toi, je mourrais... Dis-moi
comment je puis t'aimer et m'appeler Rennos ?

GALATÉE

Souviens-toi des cruautés de Pygmalion. Il
est notre tyran à tous deux. As-tu donc oublié
le jour où il te chassa du palais devant un peuple
en larmes ? Exilé comme un traître, t'a-t-il, au
retour, reçu en héros ? Pygmalion est ton ennemi, il est mon maître... Je le hais, je t'aime !
sa mort seule peut nous délivrer.

RENNOS

Dieux !... ma passion donnerait-elle à mon
bras la force de commetre un pareil crime ?

GALATÉE

Si Rennos m'aime, il hait Pygmalion !

RENNOS, suppliant.

C'est mon frère ! (Il s'assied à droite, le coude appuyé
sur la table, accablé.)

GALATÉE, se penchant sur le dossier du siège.

L'amour fraternel est une fleur cultivée par la prévoyance des parents. Qui le premier a brisé tout lien entre toi et Pygmalion ? (Prenant la main de Rennos.) Le cœur de ton frère serait-il plus brûlant que celui de Galatée ? Il faut te résigner à voir l'un des deux glacé par la mort. (Rennos se lève et passe.) Je donnerais ma vie pour toi, Pygmalion donnerait-il la sienne ? Tandis que tu errais par le monde, bravant les bêtes féroces et les tempêtes, le roi passait sa vie dans les festins. En l'absence du maudit, à la table où cent courtisanes se rassasiaient de mets délicieux, un seul plat fut-il jamais offert aux dieux pour leur demander le retour de Rennos, injustement chassé !... C'est à la nouveauté de ton retour que tu dois les caresses de Pygmalion, comme j'ai dû à sa lassitude des femmes cypriotes la passion d'un jour. Mais avant peu, il me délaissera, et de toi, il dira bientôt à ses esclaves : « Délivrez-moi de cet importun ! »

RENNOS, furieux.

Pygmalion sera tué !

GALATEE

Retourne vers le roi. Réclame de ton frère la moitié de Cypre. Il refusera tout partage ; s'il consentait, demande les terres les plus fertiles de l'île, alors il éclatera en reproches. Tu lui parleras de son impiété durant ton absence ; s'il s'excuse ou s'il prie, ferme tes oreilles et frappe ! Souviens-toi de Galatée qui t'attend !

RENNOS

Demain, l'un des frères sera de retour ! Heureux, ô Galatée, celui qui te reverra.

(Il sort.)

GALATÉE,

Ah ! si mon âme pouvait passer dans son bras !... Fassent les Immortels que l'Argonaute vive !

QUATRIÈME TABLEAU

Même décor.

SCÈNE PREMIÈRE

PYGMALION, LIRIOS

Pygmalion entre, Lirios en le voyant se dirige à gauche
vers les appartements de Galatée.

PYGMALION, arrêtant Lirios.

Qu'on ne prévienne pas la reine de mon re-
tour. Sache, Lirios, si mon frère est rent$\frac{1}{2}$ au
palais, ou regarde si tu ne l'aperçois pas sur la
route? Pourquoi Rennos est-il parti après le
combat? Les Crétois repoussés par l'Argonaute,
vaincus par le frère de Pygmalion, le héros ne
devait-il pas attendre ou venir chercher sa récompense? En s'éloignant, mon frère a fait du
roi de Cypre un ingrat.

SCÈNE II

PYGMALION, puis LIRIOS

PYGMALION

Les Dieux punissent l'ingratitude. A l'arrivée
de Rennos et avant qu'il ne me sauvât du péril,
j'aurais dû lui offrir des honneurs, des richesses,
et lui donner le commandement de l'armée.

LIRIOS, arrivant.

Seigneur, un guerrier à cheval entre dans la
cour du palais.

PYGMALION, joyeux.

C'est mon frère ?

SCÈNE III

PYGMALION, RENNOS

Pygmalion court au-devant de son frère. Lorsque
Rennos entre, le roi lui ouvre les bras.

RENNOS, glacé.

Les Dieux nous jugent !

PYGMALION

Les hommes plaident leur cause devant les hommes avant d'en appeler aux immortels.

RENNOS

J'ai attendu qu'à mon retour, sans être imploré, tu me fisses justice. As-tu donc oublié qu'à la mort de notre père, lorsque j'avais droit au partage de la puissance paternelle, tu m'as chassé comme un esclave ? Tandis que tu vivais au milieu des richesses, ton frère inconnu vivait dans le malheur. Si Rennos a forcé par son courage la bruyante renommée à répéter son nom, est-ce à Pygmalion qu'il le doit ? Le roi de Cypre néglige d'honorer la valeur, mais il ne dédaigne pas au besoin de s'en servir. Voilà trop de paroles d'ailleurs ! Celui qui avait préféré l'exil aux luttes intestines, revenu aujourd'hui, réclame son droit sur les biens royaux.

PYGMALION

Pourquoi tant d'amertume ? Rennos, écoute-moi... Veux-tu commander à mes troupes ? veux-tu ?...

RENNOS

Je veux que Cypre soit partagée en deux parties égales, et que chacun de nous en prenne une.

PYGMALION

Cypre sera partagée, est-ce assez, mon frère ?

RENNOS

Non, tu as dévoré d'incalculables richesses. Je ne puis les retrouver qu'en prenant à mon tour les terres les plus fertiles et les plus fortes villes.

PYGMALION

C'est Rennos qui parle ainsi ? Comment le héros a-t-il changé en si peu d'heures ? Prends toutes les richesses de Cypre, prends tout ! L'amour de deux frères est plus précieux que tous les biens ; j'ai appris cela de mes remords durant ton absence.

RENNOS, bouleversé.

Cypre est petite. Il ne peut y avoir qu'un

trône ! Qui régnera ?... Tu portes une épée.
Combattons, implacables. Je ne veux pas te tuer
par surprise. (Il dégaîne.) Les Dieux décideront : le
vainqueur sera roi !

PYGMALION

Frappe ! Jamais Pygmalion ne tournera le fer
contre Rennos. Un trône ne vaut pas un frère.
(Il détache son épée.) Je me place sous la protection
du dieu des serments et j'abdique le pouvoir de
mon père. Rennos, je te proclame roi de Cypre.
En échange du glaive fratricide, reçois l'épée
royale. L'amour de Galatée me suffit ! Mes
larmes, mes baisers ont engendré une créature
divine et je la possède !... Les dieux exigent sa
rançon, je la donne. J'aime Galatée, et je fais
mon frère roi, que puis-je désirer ?

(Rennos se jette dans les bras de Pygmalion et sanglote. Pygmalion lui attache l'épée royale.)

PYGMALION

Douces larmes de reconnaissance, coulez pour
attendrir l'âme du héros. En te voyant pleurer,
mon frère, je voudrais payer tes pleurs, non de
mon pouvoir, mais de mon sang. Dis-moi,

Rennos, si tu m'avais tué, aurais-tu versé ces larmes sur ma mort ?

(Rennos s'enfuit.)

PYGMALION, l'appelant.

Rennos ! mais il me quitte comme un coupable !

———

CINQUIÈME TABLEAU

Même décor.

SCÈNE PREMIERE

GALATÈE, debout au fond.

Si Pygmalion paraît, recevez-moi, flots profonds, brisez mon cœur, durs rochers... Montagnes qui vous dressez à l'horizon, abaissez-vous pour que je sache plus tôt lequel des deux frères revient.

Le soleil se lève. Pygmalion l'a-t-il contemplé hier pour la dernière fois ? Comme je suis faible ! Il me semble que la mort m'a frappée, moi aussi. (Elle redescend, s'assied sur le lit de repos et reste pensive soudain elle se lève.) Si Rennos était arrivé par une autre route, s'il était entré par une autre porte. (Elle traverse la scène.) Le silence ! un silence effrayant comme celui qui précède l'éclat de la foudre. Jupiter, Dieu suprême, exauce mes vœux ! (Elle retourne à gauche entend marcher et jette un cri.) Ah ! Rennos ! Rennos !

SCÈNE II

GALATÉE, RENNOS

GALATÉE, se précipite au-devant de Rennos.

Pourquoi ai-je douté de ton retour, mon bien-aimé ? Loin de nous à présent les soucis et les terreurs ! Nous sommes libres ! A ton côté voici l'épée royale. Rennos, tu es l'égal des Immortels !

RENNOS

Pygmalion t'aimait, Galatée. Il vivait pour toi seule : « Je renonce, me répondit-il, à Cypre, au trône, au monde entier, l'amour de Galatée me suffit ! »

GALATÉE, froide.

Il est mort en amant, il aimait !

RENNOS

Il voulait vivre pour te revoir, il prononçait ton nom comme celui de la seule divinité protectrice et fidèle. Je fus sans pitié.

GALATÉE

Tu pensais à moi.

RENNOS

Je voulais l'obliger à combattre, il m'a tendu son épée, refusant de tourner le fer contre moi, attestant les Dieux qu'il n'en avait pas le courage.

GALATÉE

Plus que la crainte de ta mort il avait la crainte de la sienne.

RENNOS, se contenant à peine.

Tais-toi !

GALATÉE

Peut-être valait-il mieux ne pas le tuer. Nous aurions pu le garder comme esclave. De même qu'il a cédé Cypre peut-être eût-il cédé sa femme si on la lui avait demandée !

18

RENNOS, remontant la scène.

L'injure est un double crime si on l'ajoute au crime.

GALATÉE

Honorer celui qu'on a tué c'est attirer sur soi le déshonneur.

RENNOS, avec éclat.

Il t'aimait, Galatée; n'est-ce pas sa flamme qui a fait vivre ton corps de marbre ? Les pierres ont plus de sang humain que toi. Combien seraient allégés les remords de mon cœur coupable si je te voyais un peu émue de ce meurtre impie, si quelques larmes de regret tombaient de tes yeux sur mon frère ! Si tu aimes le criminel, partage avec lui l'horreur qu'il a de son crime.

GALATÉE, l'enlaçant avec passion.

Celui qui est mort serait-il plus cher à Rennos que Galatée vivante ? (Elle l'attire vers le péristyle.) Vois là-bas le Dieu du jour flotter entre l'ombre et la flamme; les oiseaux chantent leur hymne à la lumière, les fleurs colorées percent le voile noir de la nuit. Tout se réchauffe, s'éclaire et sourit aux rayons qui glissent des doigts rosés de l'aurore. Seul, Rennos est assombri.

RENNOS

Galatée, les feux rouges du soleil ne te rappelleront-ils jamais le sang versé de mon frère ? Ne souhaiteras-tu pas un seul jour de ta vie que Pygmalion s'éveille de la mort !

GALATÉE

Jamais !

RENNOS

Galatée, je t'en conjure, que ta bouche ne prononce point de paroles monstrueuses !

GALATÉE

Laisse Pygmalion enseveli dans la nuit d'hier. Un beau matin se lève sur notre amour. Donne à Galatée Rennos pour souverain.

RENNOS

Je dois porter tout à l'heure aux prêtres d'Apollon l'épée royale... Il faut que j'en lave les taches. Elle est couverte de sang, car je l'ai plongée dans le cœur de Pygmalion. Apporte de l'eau pour que j'enlève la souillure.

GALATÉE

Le fourreau cache le sang. Plus tard nous laverons l'épée. Viens reposer sous mes lèvres ta tête alourdie.

RENNOS

Il faut effacer les traces de sang. Verse l'eau purificatrice.

(Galatée va vers la table où est l'amphore et verse l'eau dans le cratère).

Elle est souriante et joyeuse et elle croit que j'ai tué Pygmalion !

GALATÉE

Pourquoi cet accablement ? N'est-tu pas le roi de Cypre et l'époux de Galatée ?

RENNOS, tenant l'épée.

Je n'ose la tirer du fourreau. La vue du sang de mon frère m'épouvante.

GALATÉE, s'approchant de lui.

Si j'avais su, Rennos, que ce meurtre te fît.

peur, c'est Galatée seule qui aurait frappé Pygmalion.

RENNOS tire l'épée du fourreau.

Dieux vengeurs, punissez la criminelle par ma
main. Meurs perfide !

(Il la frappe.)

GALATÉE recule et va tomber sur le socle d'où elle est descendue au 1ᵉʳ tableau.

Il ne m'aimait pas !

SCÈNE III

Les Mêmes, PYGMALION, puis EUMÈLE

PYGMALION entend la dernière phrase de Galatée.

Rennos, que dit-elle ?

GALATÉE, en voyant Pygmalion.

Ah !

(Elle meurt.)

RENNOS

Connais Galatée, Pygmalion. C'est elle qui
m'avait envoyé pour tuer le roi de Cypre, elle,

qui, me croyant le meurtrier de mon frère, me voulait pour époux !

EUMÈLE entre et il étend la main sur Galatée.

Roi, malheur à qui n'est point soumis aux lois éternelles, supérieures à Jupiter lui-même. Galatée femme devait être funeste. Son âme n'étant point née des hommes, mais étant née du marbre, en a conservé la dureté. Cette femme n'est pas l'épouse criminelle du Roi de Cypre tuée par le frère de Pygmalion, ce n'est qu'une statue brisée !

TABLE

—

Contraste Insuffisant
NF Z 43-120-14

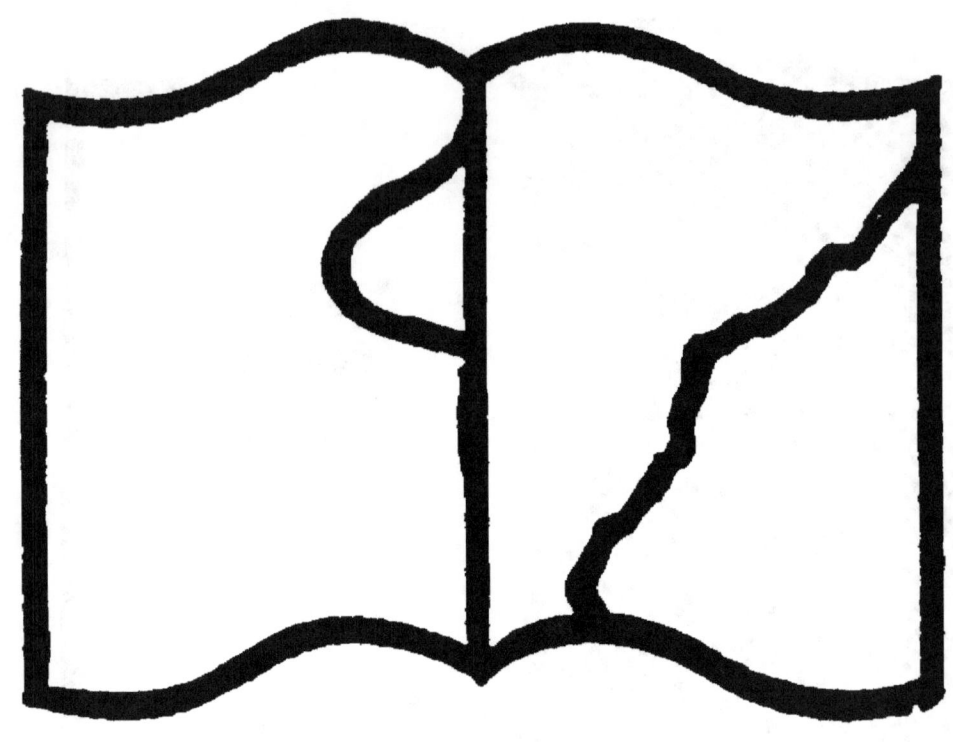

Texte détérioré — reliure défectueuse
NF Z 43-120-11

LIBRAIRIE G. HAVARD FILS

27, RUE DE RICHELIEU, PARIS

ŒUVRES COMPLETES DE MADAME ADAM

JULIETTE LAMBER.

ÉVREUX, IMPRIMERIE DE CHARLES HÉRISSEY